Wat sünd langsame Minuten?

Dat weet ik vun Peter Schütt, de is Scheper, hett sien Schaap in't Vörland lopen. Dor heff ik em dat letztmaal drapen.

Na, Peter, see ik, all Schaap gesund?

Jungedi, reep he, wo kummst du her? Hest' Urlaub?

Ik harr in Brunsbüttel to doon, un nu heff ik noch en Termin in Möldörp, denn geiht dat na Huus. Man ik bün meist so'n beten ut de Puust, ik heff dacht, ik verhaal mi 'n poor Minuten an' Diek. Weeßt je, woans dat geiht, de Tiet, de löppt en ünner de Fingern weg.

Tscha, Minsch, see Peter, denn laat ehr doch langsamer lopen, denn hest ok mehr dorvun.

Wenn wi dat man kunnen, Peter, see ik, ehr langsamer lopen laten. Aver se löppt je stüttig weg, dor köönt wi nix an dreihn.

Dat weet ik nich, see Peter, de Klock löppt stüttig,

bloots de Klock. De Tiet, de löppt so gau oder langsam, as du dat wullt.

Jung, Peter, lach ik, büst du Philosoph worrn, oder wat is loos?

Nee, see he, aver ik heff en Herzinfarkt hatt. Tscha, nu kickst du, wat? En Scheper mit Herzinfarkt, sowat kannst di nich vörstellen. Aver as dat so geiht: Jümmer mehr Schaap, jümmer mehr Umsatz, jümmer mehr Arbeid un Sorgen. Man dor bün ik mit dörch. Nu laat ik de Tiet langsamer lopen.

Sühst du den Austernfischer dor? fröög he. Den kiek ik al en Viddelstunn to, wo he dor in't Watt na sien Fudder söcht. He is jümmer an't Picken mit sienen langen Snavel. Süh, nu hett he wat funnen. Un de, de anner, de dor anflegen kummt, dat is sien Madame. Weeßt je, de Austernfischers, de sünd sik truu, de hoolt dat hele Leven tosamen.

Ik harr mi blangen Peter sett, wi huken op de letzt Graskant vun't Vörland un keken dat oplopen Water to. Mußt di wunnern, wo fix dat över't Watt kruppt, nu spööl dat al den lütten Austernfischer um de Fööt.

Ik dach an mien Termin un keek op de Klock.

Kaam man ruhig maal to laat, see Peter, dit hier kriggst man eenmaal to sehn. Sühst du de Fedder dor op't Water drieven, den Priel hooch? Wüllt wi maal utreken, wo gau se mit de Floot vörankummt? Wenn du de Sekunnen tellst, denn taxeer ik de Meters, de se wieldem wiederdreven is. So kriegt wi dat licht ruut.

Peter, see ik, för sowat heff ik doch nu keen Tiet; ik schaff dat je al nich mehr bit Möldörp.

Wannehr hest denn Tiet för sowat? fröög he.

Mann, Peter, see ik, du hest de Roh weg! Aver kann nich jedereen Scheper ween.

Ah, so is dat nich! schüttkopp Peter. Ik heff jüst so mien' Terminen as du. Vunnameddag heff ik hier bi mien Schaap to doon. Dor sünd enkelte mank, de hebbt Mallöör mit de Töhn, de muß ik nakieken un ehr plegen. Man ik laat um mien Terminen nu jümmer en groten frien Platz. För de Austernfischers, för dat oplopen Water un wat dat sunst noch allens gifft.

Na ja, see he denn aver un stunn op, laat uns man gahn, duurt nich lang un wi staht hier ok mit de Fööt in't Water.

Denn broch he mi na mien Auto. As ik insteeg, see he: Wüllt wi maal wat wetten? Wenn du an't Enn vun düsse Week fraagst, wat hest du an de enkelten Daag maakt, wetten, du kriggst nich all Stunnen un Minuten tohoop? Du hest ehr vergeten. Se sünd achter di wegsackt. Aver den Austernfischer dor in't Watt, wetten, de fallt di wedder in. Denn dat sünd jümmer de langsamen Minuten, de en nich vergitt.

Süh, un dor hett Peter Recht in beholen. Dat is nu lang her, aver den lütten Austernfischer seeg ik noch jümmer vör mi, in't Watt, bi oplopen Water.

Siet de Tiet heff ik de Minuten langsamer lopen laten, bün mennigmaal stahn bleven. Sodra du steihst, markst eerst, wo dull du an't Jagen un Jachtern weerst. Nu eerst kriggst dat Leven in't Viseer. Miteens kaamt ok de olen Daag mit Lüüd un Geschichten wedder vördag. De weern al meist vergeten. Wat see mien olen Fründ Korl Denker jümmer? Wi blievt ehrer doot as in de letzt Minut, dat fangt mit dat Vergeten an. Wi sünd man en lütt Enn hier, aver lang doot. Schriev man gegen dat Vergeten an, sodennig kannst dat Enn hier recht wat länger maken.

So will ik denn vertellen.

Geschichten vun mien lütten Navers, de Göörn; vun de jungen Daag, wo wi bavenop weern, un de Welt leeg vör uns; vun Snack un Sluderi an' Stammdisch; un vun de Olen, de dat letzt Enn faat hebbt, denn dat Leven kriggt en nich ahn den Dood, dor schall sik ok dat Vertellen nich um drücken.

De lütten Navers

Dat kennt wi je all, du warrst öller un besinnst di op de Kinnertiet un denkst, dat weer dat Paradies. Aver dat is man de halve Wohrheit, dat Leven harr en ok do al mit sien legen Sieden bi de Büx. Uns gung dat so, un so geiht de Kinner dat hüüt ok. Ik krieg dat jüst bi den lütten Oliver mit, de is mien Naverjung, teihn Johr oolt. Güstern dreep ik em in't Treppenhuus, he keem mi mit sien Geigenkasten in de Mööt.

Nanu, see ik, du sühst je bannig verdreetli ut. Hest di argert?

Ja, see he.

Hest dien Stück nich öövt hatt för den Geigenlehrer? Hett he schimpt?

Ja, see he.

Un denn keek he mi an, as worr he överleggen: Schall he mi dor nu rintrecken in sien Sorgen, oder schall he de mit sik sülm afmaken? Man denn fröög he:

Kannst du Fußball spielen?

Ik keek em baff an, wat harr dat mit dat Geigen to kriegen?

Nee, see ik, Football, dat heff ik nienich kunnt. Eenmaal heff ik Football speelt, do weer ik en beten öller as du, dat weer in de School, wi harrn Sport, do hett de Lehrer mi na fiev Minuten vun' Platz ropen. ›Weißt du, wie du Fußball spielst?‹ hett he mi giftig fraagt. Nee, heff ik seggt. ›Wie Friedrich der Große! Bleib bloß vom Platz!‹

Wer war das? fröög de Lütt, Friedrich der Große?

Dat weer en König, see ik.

Kenn' ich nicht, schüddel he den Kopp.

Un denn see he: Wenn man nicht Fußball spielen kann, ist man kein richtiger Junge. Ich kann nicht Fußball spielen.

So? see ik. Wokeen seggt dat denn?

Die Jungs in meiner neuen Klasse. Und sie sagen auch: Geige ist nicht gut, Guitarre ist besser. Und sie sagen ›Geiger‹ zu mir. Ich will aber nicht ›Geiger‹ heißen, ich heiße Oliver.

Jung, see ik, dat is je en ganze kloke Klass, wo du rinkamen büst. De weet, wat richtige Jungs sünd, wat för'n Instrument ener spelen mutt un wo he heten schall. Un wat wullt du nu doon?

Ich lern' Guitarre.

Hest du dor denn Lust to?

Das weiß ich noch nicht.

Süh, dat Leven hett em in de Mangel. Dor sünd nu

de Jungs in sien Klass, mit de will he un mutt he utkamen, aver de seggt: So as du büst, so paßt uns dat nich. Du muß ween, as wi sünd. – Wat schall man so'n lütten Jung nu seggen?

Ik see, Oliver, see ik, du kennst je doch den Ünnerscheed vun Diktat un Opsatz. Wat dat Diktat anlangt, dor muß du schrieven, wat de anner di seggen deit; bi'n Opsatz kannst du di dien egen Gedanken maken. Diktat un Opsatz, dat is en groten Ünnerscheed. Un nu mußt du di överleggen: Geige oder Guitarre? Wat is nu dat Diktat un wat is de Opsatz vun de beiden?

He keek mi an, un ik kunn sehn, dat gruvel in sien' Kopp.

Und wenn sie wieder ›Geiger‹ sagen?

Denn höör dor man gor nich na hin, denn laat se dat ok na. De luurt dor bloots op, dat du di argerst.

Miteens see he ›tschüüß‹, gung an mi vörbi de Trepp hooch, man baven dreih he sik noch eenmaal üm:

Hast du gesagt, Friedrich der Große, das war ein König?

Ja, see ik, dat weer he.

Und der konnte kein Fußball spielen?

Nee, see ik, so as mien Lehrer dat seggt hett, kunn he dat nich.

Und trotzdem war er König?

En ganzen berühmten sogoor, see ik, dat weer de Ole Fritz.

Aha! see he un gung.

Na, dach ik, dat schall mi maal verlangen, wat dor bi ruutsuurn deit: Geige oder Guitarre? Aver en ›paradiesische‹ Tiet, dat sünd düsse Daag nich för den lütten Oliver.

Dor kannst di to verlaten.

Wat Florian is, dat is een vun mien besten Frünnen. Elkeen Morrn, wenn ik mien Zeitung ut den Kasten an de Poort hool, denn dreept wi uns un snackt twee Regen.

Na, segg ik, wat maakt de School? Kannst al schrieven?

Zehn Wörter kann ich schon, seggt he denn.

Junge, segg ik, denn duurt dat je nich mehr lang, denn kannst mi en Breev schrieven.

So snackt wi över dit un dat.

Man de letzten Weken, dor hett je jümmer bloots vun sien lütt Swester vertellt, de schull je nu bald op de Welt kamen.

Ich hab' sie schon in Mamas Bauch gefühlt, see he, sie hat gestrampelt.

Oh, see ik, denn is se je vergnöögt, wenn se strampeln deit.

En annermaal vertell he, he harr ehr kriescher höört, so fideel weer se ween.

Kann sie mich eigentlich auch hören? fröög he.

Natüürli, see ik, se kann allens hören, wat buten passeert.

Auch Musik?

Jo, allerbest!

Dann spiel ich ihr heute abend meine Lieblingsplatte vor, Pink Floyd.

Dat do man, see ik, dor freut se sik wiß to.

Hast du als Baby im Bauch auch Musik gehört? fröög he.

Tscha, Minsch, see ik, dat weet ik nich mehr, dat is al lang her.

He keek an mien Eenmetereenuntachentig hooch un see tögerli: Daß du auch mal so klein warst, das kann man sich gar nicht vorstellen.

So gung dat wekenlang, man denn weer se dor, sien lütt Swester, Sonja; un Florian weer reinweg ut de Tüüt, so hett he sik freut.

Aver so na veer, fiev Weken, do stunn he den enen Dag vör mien Döör, in de en Hand sienen Ranzel, in de anner twee Teddies, un weer dicht vör't Hulen.

Kann ich bei dir wohnen? see he. Meine Zahnbürste hab' ich mitgebracht.

Oha, dach ik, dor is je wat passeert.

Na, see ik, denn kumm man eerstmaal rin. Ik heff mi jüst en Stück Torte op den Teller leggt, wullt du ok en hebben? Appeltorte?

He nück un keem rin.

Tscha, un denn keem dat je rut.

Sie mag gar keine Musik mehr hören! Immer brüllt sie dabei, und Mama sagt, ich soll das ausmachen. Aber wenn ich Schularbeiten mach', dann darf sie brüllen. Das ist ungerecht!

Un so gung dat wieder.

Und dann gucken sie auch immer in ihr Bett und lachen, und mich lacht überhaupt keiner mehr an! Und Oma und Opa mag ich auch nicht mehr leiden, die fragen bloß: Na, was sagst du zu deiner kleinen Schwester? Ist sie nicht süß? – Die ist überhaupt nicht süß, die ist doof! Ich will sie gar nicht mehr haben! Von mir aus kann sie wieder in Mamas Bauch zurück! Dann brauch' ich sie nicht mehr zu sehen!

Wenn dat man so eenfach gung. Wat uns nich na de Mütz is, dat mutt ut de Sicht.

Na ja, wat schall ik veel vertellen, he eet sien Appelkoken, snucker, man denn, na en Stunnstiet, do see he:

Glaubst du, daß sie die ganze Nacht weint, wenn ich ihr nicht Gute Nacht sage?

Tscha, see ik, dat weet ik nich, aver se worr sik je bestimmt freun, wenn du ehr noch maal eien deist.

He kneep de Lippen tohoop un möök ganz lütte Ogen, so scharp dach he na. Denn see he:

Ich gehe jetzt 'rüber, und dann ei ich sie, aber nur einmal, dann komm' ich wieder.

Dat do man, see ik; do kreeg he ok al sienen Ranzel un de beiden Teddies ünnern Arm, lang na de Tähnböss, de blangen den leddigen Kokenteller leeg, un see: Bis gleich.

Un keem nich wedder.

Aver he is dor noch nich mit dörch. Noch lang nich. Dat duurt sien Tiet, ehrer de Minsch begrippt, de Welt dreiht sik nich bloots um em, se dreiht sik ok um all anner Lüüd.

En deit de egen Kinner je gelengentli bannig Unrecht. Ik weet noch den Middag, as mien lütt Dochder ut de School keem, de Tiet gung se in de eerst Klass, se weer man knapp in de Döör, do reep se ok al hiddelig:

Papa, stell di sowat maal vör, he hett dree mit enen Slag doothaut!

Ik weer an den doren Dag nörgeli un knarr bloots: Wenn du wat vertellen wullt, denn snack so, dat en di verstahn kann. Wokeen hett dree doothaut?

De Lütt trock en Snuut un see: Du bruukst mi nich foorts schimpen. Kai hett dat doon.

Hett he dree Lehrers um de Eck brocht oder wat? gnurr ik. Vertell vernünftig!

Do keek de Lütt mi an, as harr ik ehr op'n Dood beleidigt: Du büst blööd! reep se, denn blarr se loos, huul af un baller de Döör achter sik to.

Tscha, un dor hett se Recht in hatt, man dat kreeg ik eerst later klook. Den enen Dag, do studeer ik, woans de lütten Kinner dat geiht, wenn se uns wat vertellt. Un do lees ik, de Lütten kaamt gor nich op de Idee, wi kunnen ehr nich verstahn, denn se sülm, se weet je doch nipp un nau, wat ehr Wöör allens bedüden schüllt. Un denn denkt se je doch ok, de Groten, de weet allens, de köönt allens, denn warrt de Papa dat je wull weten: Dree mit enen Slag? De dree, dat weern doch de Wespen, de weern miteens in de Klass rinflagen, un do harrn sik je all Kinner vör ehr verfehrt hatt. Sülm de Lehrerin harr sik verjaagt hatt. Süh, un do weer de lütt Kai opstahn, weer op de Wespen togahn, de harrn dor jüst op so'n söten Brootkrömel seten, un denn harr he ehr mit enen Slag doothaut, mit de blanke Fuust, all dree mit enen Slag. Un do harrn se em je all fiert, wat för'n Kerl he weer. Un wat mien lütt Dochder weer, de harr em je wull foorts dat Ja-Woort geven, wenn he ehr dor um fraagt harr, denn so'n Baas, op so en kunn en sik je verlaten.

Süh, un dat allens, so hett se dacht, dat harr se mi mit den enen Satz vertellt: He hett dree mit enen Slag...

Harr ik an den doren Middag nu seggt: Jungedi! Dree mit enen Slag? Dat is je en dulle Geschicht! Wo gung dat denn to? Vertell maal! denn weer se sachts Stück vör Stück vördag kamen de Geschicht.

Hüüt bün ik klöker, hüüt laat ik mi Tiet, wenn so'n lütten Klabauter mi wat vertellt, so as Franziska.

De harr Geburdsdag, veer Johr weer se oold worrn, ik wull ehr graleren un reep ehr an.

Na, fröög ik, was hast du denn alles zum Geburtstag bekommen?

Un wat anter do de Lütt an't anner Enn vun't Telefon?

Das da! see se.

Süh! ›Das da‹ – dat weern all ehr Geschenken, de vör ehr legen; weer man bloots schaad, ik kunn ehr nich sehn dörch dat Telefon.

So fröög ik denn: Und was ist das alles: ›das da‹?

Das alles auf dem Tisch da! see se.

Na also, nu weern wi al en Stück wieder, liekers ik den Disch jümmer noch nich sehn kunn, aver wi kemen vöran. Am Enn legen se all för mien Ogen, ehr Geschenken, de Popp, dat Billerbook, dat niege Speel.

Tscha, en schall gedüllig ween; wat wassen schall, dat bruukt sien Tiet. Dat gellt ok för de Kinner.

Wat en drömen deit, dat hett wat mit dat egen Leven to kriegen. So seggt se dat, de Dokters, de Psychologen un Analytikers. Wat en över Dag nich op de Reeg kriggt, seggt se, dat piert en in' Droom. Mennigmaal is dat aver nich licht, dat en rutfinnt, wat so'n Droom bedüden schall. Man Franziska ehren Droom, den harr ik foorts rut.

Franziska geiht nu in de eerst Klass vun de School. Wenn ehr Öllern maal ut sünd, denn paß ik ehr op. Ik mutt ehr jümmer Geschichten vertellen, dor kann se nich genog vun kriegen.

Wenn ich erst lesen kann, seggt se, dann brauchst du das nicht mehr, dann les' ich dir was vor.

Dat deit se aver nu al, denn höllt se dat Book vör de Ogen un vertellt – vertellt, as wenn de hele Kraam dor druckt steiht.

Denn mutt ik seggen: Dat hest du aver allerbest vörleest.

Soll ich weiterlesen? fraagt se denn, un ik mutt seggen: Jo, man to, ik bün je neeschierig, woans dat utlopen deit.

Jung, wat hett se sik freut, as se to School keem, se kunn de Tiet meist nich avtöven, denn wenn en lesen, schrieven un reken kann, denn is en groot.

Man nu mag se nich mehr över de School ween, knapp dat se dor 'n halv Johr is. Nu smitt se den Ranzen in de Eck, wenn se na Huus kummt, un mag nix vertellen. Dor stimmt doch wat nich, hebbt ehr Öllern dacht un hebbt in de School fraagt, man de Lehrerin harr ehr nix seggen kunnt. Aver ik weet dat nu, vunmorrn hett Franziska mi ehren Droom vertellt.

Se harr dröömt, see se, se wull na School gahn, un as se ut de Huusdöör keem, do harrn dor twee Löven legen un de harrn seggt, se schull man keen Bang hebben, se weern Fründ an ehr un wullen mit ehr gahn. As se nu op den Schoolhoff kemen, do hett se to de Löven seggt, dat dor, dat sünd de groten Jungs, de klaut ehr jümmer de Mütz un piert ehr, wiel dat se so lütt is. Wenn se ehr schimpt, denn lacht se ehr wat ut; un de dor, de hett ehr maal den Ranzel ut de Hannen reten un hett all ehr Böker utschütt hatt. Do hebbt de Löven de Jungs ankeken un hebbt gnurrt. Foorts sünd de Jungs all manierli worrn un hebbt fraagt, wat se ehr den Ranzel dregen dörvt. Dat kann ik alleen, hett se seggt, un denn hett se ehr ankeken un hett ›Feiglinge‹ seggt. In de Paus harr ehr nüms wat doon, denn de Löven, de weern ehr nich vun de Siet gahn.

Schaad, hett Franziska seggt, as se mi den Droom vertellt harr, dat se nich in de Nacht to School gahn kunn, denn weern je doch de Löven dor.

So is dat Leven: Keen de Knööv hett, de kann den

annern pieren. Un keen sik dat nich gefallen laten will, de mutt sehn, he kummt to Knööv, denn mit goode Wöör, dat warrt he fix wies, dor kann he nix mit utrichten.

Sowat lehrt Franziska nu op'n Schoolhoff. Allerdings binnen de School, in de Klassenstuuv, dor heet dat anners, dor heet dat: En schall den annern hölpen un to Siet stahn, wat he nu lütter oder grötter is, Knööv hett oder nich, dor is jedereen liekeveel. Man det Leven buten de Klassenstuuv, dat scheert sik dor nich so recht um, wat se dor binnen vertellt. Buten süht jedereen to, wat he den annern mit sien Löven Bang maken kann un he de Gröttst warrt. Schaad. Weer je beter, Franziska kunn drömen, se harr de Löven nich nödig. Denn vun't Bangmaken un Pieren, dor warrt de Welt nich beter vun un dat Leven nich schöner.

Hannes harr jümmer Striet mit sienen groten Broder Daniel, de weer teihn Johr oolt un he man eerst söven. De Lüdd rundumto muchen Daniel lieden. He is so fründli, seen se, kann so fein vertellen un nett lachen. Un denn weer Daniel je ok en groten Kasperlespeler. Sien Öllern harrn em vergangen Johr en

Kasperlebood to Wiehnachtn schenkt hatt, mit veel Poppen. Dat weer je wat för Daniel! He dach sik sien Stücken sülm ut, un wenn he ehr inöövt harr, denn geev dat en Vörstellung för all Naverkinners un mennigmaal ok för de ehr Öllern. All harrn se dor ehr Vergnögen an, un wenn de Vörhang wedder to weer, denn klatschen se un seen: Ah, wat hett Daniel dat wedder fein maakt.

Dat hett den lütten Hannes jümmer böös piert. He wull, de Lüüd schullen em ok toklatschen.

Bei mir klatscht niemand, hett he maal to sien Mudder seggt.

Ah, Jung, wo schüllt se denn bi di klatschen? harr sien Mudder lacht. Klatschen deit en je bloots, wenn en bi wat tokieken kann. So as bi Daniel.

Dat harr seten. Do fung he an un wull sik ok en Kasperlebood buun un en Stück utdenken. Dat dee he denn ok.

Den enen Dag keem he mit en lütt Plakot an un hung dat an den Boom för de Döör. Se schullen all weten, he worr nu en Kasperlevörstellung geven. De Öllern hebbt nich wußt, wat se dorto seggen schullen, se hebbt aver all Navers inlaadt, jüst as bi Daniel. Un Hannes hett ehr sien Stück vörspeelt. Dat weer aver nich dull, he kunn dat nich. In dat Stück seet keen

Verstand in, un vun de Poppen weer meisttiets bloots de Kopp oder gor nix to sehn. Liekers hebbt se all klatscht.

Aver he mutt dat wull markt hebben, dat weern en anner Klatschen as bi Daniel. Merrn in de Nacht is he opstahn, is na de Stuuv gahn, wo sien Kasperlebood stunn, un hett ehr tweimaakt. So hett sien Mudder em funnen.

Tscha, dat is nich jümmer licht, den egen Weg to finnen. Mennigeen löppt sien Leven lang achter de Annern her un markt nich, dat is de verkehrt Richt för em.

Hannes hett dat ehrer rutfunnen.

Ich hasse Tante Erika! see de lütt Kati un raak sik en frisch Stück Koken op ehren Teller. Und ich bin froh, daß sie wieder weg ist! Auch wenn ich die Schuld daran habe.

Se weer jümmer noch böös in de Brass, de Lütt, wenn de Tranen nu ok al wat weniger worrn. Vör'n Stunn, as se bi mi an de Döör bimmelt harr, do weern se ehr man so över de Backen lopen. Ik heff mi meist verfehrt hatt. Dunnerwetter, wat is denn mit dien lütt Naversch loos? dach ik. So hest du ehr je noch nie nich sehn.

Kann ich zu dir 'reinkommen? fröög se.

Natüürli, see ik, kumm man rin. Wat is denn passeert?

Ich will bei dir sein. Können wir uns was erzählen?

Kloor köönt wi uns wat vertellen, see ik, aver wullt di mi nich eerstmaal verraden, worüm du so huulst? Hest Arger to Huus hatt?

Da geh' ich nicht wieder hin! blarr se luud loos. Erst wenn sie weg ist!

Ik verstunn keen Woort.

Wokeen schall weg ween? fröög ik.

Tante Erika! Aber sie packt schon. Sie will heute noch fahren. Und bis sie weg ist, bleib' ich bei dir.

Tante Erika? Dat weer je doch mien Naversch ehr Süster ut Köln, de weer vör acht Daag to Besöök kamen, ik harr ok en paar Regen mit ehr över'n Tuun snackt.

Wat is denn mit dien Tante Erika? fröög ik.

Ich will nicht von ihr reden! snucker de Lütt.

Na, see ik, denn sett di man eerstmaal daal. Hier sünd Koken. Wullt du en Bruus oder en Kakao hebben?

Kakao, see se.

Na ja, un so bilüttens keem dat denn je ruut, worum dat de Lütt bi mi op't Sofa seet.

Seit Tante Erika bei uns zu Besuch ist, see se, gibt es überhaupt keine Unterhaltung mehr. Vati erzählt nichts mehr, und Mutti fragt auch nicht mehr nach der Schule. Immer nur Tante Erika erzählt.

Tscha, see ik, wenn se nu bi ju op Besöök is, se is je ok lang nich dor ween, denn hett se ok en Barg to vertellen.

Aber sie erzählt immer dasselbe. Von ihrem Kanarienvogel, daß Onkel Toni tot ist und solange krank war; daß sie den Garten nun allein machen muß; und nachts bellt der Hund bei ihren Nachbarn. Aber sie fragt nie etwas!

Weeßt du, see ik, dor mußt du en beten Verständnis för hebben. Nu, wo se alleen is, freut se sik, wenn dor maal en is, den se wat vertellen kann.

Aber ich hab' sie was gefragt, see de Lütt un keek mi bang an, as kunn dat Spektakel vun to Huus foorts noch eenmaal losgahn.

Na, wat hest du ehr denn fraagt?

Ich hab' gesagt, ob sie mich mal was fragen will? Was wir zum Beispiel heute in der Schule gespielt haben. Mutti und Vati fragen immer, wie es in der Schule war.

Süh, un wat hett se do seggt?

Sie hat gesagt, wenn sie an die schönen Spiele von früher denkt, die gibt es heute gar nicht mehr. Und dann hat sie erzählt. Und dann hat sie gesagt, wie schön es bei uns ist und daß sie traurig ist, daß sie übermorgen schon wieder nach Haus fahren muß.

Und da hab' ich gesagt: Ich bin nicht traurig. Ich freu' mich, daß du fährst, dann gibt es hier endlich wieder eine Unterhaltung.

Tante Erika harr op de Lütt starrt, as kunn se nich glöven, wat se höört harr. Denn harr se ehr Süster un ehren Swager ankeken, de schullen wat seggen, man de harrn stief dorseten un keen Woort över de Lippen kregen, so harrn se sik verfehrt. Dat weer dodenstill ween an' Disch. Denn harr Tante Erika ehr Serviett blangen ehren Teller leggt, weer opstahn un harr liesen seggt: Ich reise. Auf der Stelle! Un weer ut de Stuuv gahn.

En knappe Stunn later keem mien Naver un haal sien Dochder.

Is Erika weg? fröög ik.

De is weg, see he, dor weer nix mehr an to maken.

De Lütt is de Menen, see ik, se hett dor de Schuld an.

Denn weern wi fein rut, see ehr Vadder, aver so eenfach is dat wull nich.

De lütt Oliver harr sik dat nich vörstellen kunnt, man sien Oma harr dat al jümmer seggt, dat sien Mudder maal wedder heiraden worr.

Mama, heiratest du wieder? harr he ehr denn fraagt.

Sien Mudder harr seggt: Dat weet ik nich.

So harr he sik an dat Leven gewöhnt, nu sien Öllern scheedt weern. Sienen Vadder kreeg he nich mehr veel to sehn, de weer wegtrocken, in en anner Stadt. Maal weer de Lütt mit em in de Ferien fohrt, dat harr veel Spaaß maakt. Sien Vadder harr de Spendeerbüxen anhatt un harr meist allens köfft, wat he sik wünschen dee. Se weern bit na Griechenland hinwest. Dor harrn se sik de olen Tempels ankeken, un denn weern se na so'n lütt Insel röverjuckelt un harrn dor veerteihn Daag nix anners dohn as baden.

As se op den Weg na Huus weern un in' Fleger seten, do harr he sien Vadder fraagt: Wolang fleegt wi noch?

En knappe Stunn, harr sien Vadder seggt.

Do harr he dat Wenen anfungen, sien Papa schull doch mit na Huus kamen, see he, se kunnen sik doch all wedder verdrägen.

Dat gung je doch nich, see sien Vadder, he harr nu sien Arbeid annerwegens. Un denn weer dat je doch ok so, Mama un he, se weern sik dor um enig worrn, jedereen wull nu lever alleen leven.

Paar Daag later, nu he wedder an't Huus weer, harr he dat ole Leven wedder faat, de Lütt, speel un weer vergnöögt as jümmer. Man denn, den enen Dag, do harr sien Mudder en Foto ut ehr Dasch trocken un harr seggt: Dat is Thomas.

Do harr he dat foorts wußt, sien Mudder worr wedder heiraden. He harr dor over nix bi föhlt. He harr sik den Mann op dat Bild ansehn. De stunn dor un lach. Sien Mudder harr em bang ankeken, wat he nu wull seggen dee. Man he harr nix seggt. Do see se, Thomas, de worr nu mennigmaal to Besöök kamen.

Dat dee he denn ok. Un de lütt Oliver much em lieden, so as he anner Lüüd ok lieden much.

Denn duur dat nich mehr lang, do froog Thomas em, wat he dorto seggen worr, wenn he sien Tähnböss nu ok mit in de Baadstuuv op dat Schapp stellen worr, denn weern dat je wedder dree. Eerstan harr he nich begrepen, wat dat bedüden schull, man denn kreeg he dat je mit.

Den enen Avend keem sien Mudder an't Bett un see, se wull em wat vertellen. Un denn see se, se wull nu wedder heiraden. Wat he sik freuen worr?

Ja, harr he seggt, aver föhlt harr he nix. Do gung sien Mudder wedder in de Stuuv un keem mit Thomas trüch. Un denn seen se, se wulln all good Fründ anenanner ween.

Ja, harr he seggt, dat wulln se.

Man as he denn wedder alleen weer, do kreeg he dat mit de Angst, wat nu kamen worr. Do fung he dat Wenen an. Dat hett aver nüms mitkregen.

Dat sünd de düstern Daag, seggt mennigeen: Dodensünndag, Volkstrauertag, Buß- und Betdag. Denn gaht wi na uns Lüüd op'n Karkhoff, maakt ehr Graffsteden smuck un denkt an de olen Geschichten. Je öller wi warrt, je mehr Geschichten kaamt dorto. So'n Karkhoff is as en Geschichtenbook. Man jümmer gifft dat för jedereen vun uns den enen Dag mit de eerst Geschicht för dit Book. För de lütt Katja weer dat de Dag, do lees ehr Mudder in de Zeitung: Onkel Paul is dootbleven. Hier steiht dat.

Onkel Paul, dat weer de ool Mann an't Enn vun de Straat. De gung Dag för Dag na de Wisch, buten dat Dörp, un plück dor Gras för sien' Kaninken. Mennigmaal hett de lütt Katja em dorbi holpen. He wull ehr en Kaninkenstall buun, see he, un wenn de Sipp ehr Jungen kregen harr, denn schull se dor twee vun afhebben.

Un nu sitt de Lütt dor un huult. Ehr Mudder will ehr trösten: Onkel Paul weer oolt, seggt se. Wat is oolt? denkt de Lütt. Sünd ehr Mama un Papa oolt? Un wo oolt sünd Oma un Opa? Öller as Onkel Paul? Wo oolt is dat: oolt?

Onkel Paul weer krank, seggt Katja ehr Mudder, he weer al lang krank. Man de Lütt denkt: Un Oma? De is ok faken krank. Mutt se dorum bald dootblieven? Un se sülm, se weer ok al maal veer Weken lang krank.

Mutt en dootblieven, wenn en krank is? fraagt se. Nee, seggt ehr Mudder, bloots wenn en dor nix mehr an maken kann an de Krankheit. Man de allermehrsten Krankheiten, dor kann en wat an maken.

Un de Lütt denkt: Wat sünd dat för Krankheiten, wo en nix mehr an maken kann. Un denn weent se: Worum mutt en överhaupt dootblieven?

Ehr Mudder nimmt ehr in de Arms un seggt: Wi mööt starven, wiel dat wi leven doot. Worrn wi nich leven, mussen wi nich dootblieven.

Worum köönt wi nich jümerto leven? fraagt de Lütt.

Dor wüllt je noch soveel Minschen leven, seggt ehr Mudder un strakelt ehr övert Haar. Dat is trurig, wenn ener geiht, un dat is schöön, wenn ener kummt. Aver du büst noch so lütt un schallst dor nich över nadenken.

Ik denk aver na, seggt se, un denn fallt ehr opmaal de Kaninken in.

Se hebbt nix to drinken un to freten! röppt se. Wokeen kümmert sik nu um ehr?

Du! seggt ehr Mudder. Du kümmerst di um de Kaninken, as jümmer, wenn Onkel Paul maal nich dor weer.

Un weg is de Lütt, hin na de Kaninken; un is dor denn ok bald över wegkamen, dat Onkel Paul nu doot weer. Liekers hett se nu ok al ehr eerst Geschicht op'n Karkhoff. Un dor kaamt noch mehr to, so is dat Leven. Aver wenn't recht weer, dat Leven, denn mööt dat keen düster Dagen warrn, wenn en övern Karkhoff geiht un an de olen Geschichten denkt.

Nu hett he sien eerst Armbandklock.

Nee, keen niege, he hett ehr arvt, de ool Klock vun sien Opa. So harr dat in Opa sien Testament stahn: De Klock is för Holger, de schall he arven.

He harr noch nie wat arvt. Wat is dat ›arven‹? fröög he.

Dat wat den Doden tohöört hett, dat höört nu den, de dat arven deit, see sien Mudder. Dat geiht vun den enen op den annern över.

Siet güstern hett he de Klock, un siet güstern weet he: Arven, dat is mehr, as bloots wat kriegen. Dat is ganz wat anners.

Güstern in de School, dor hett he al Ogenblock op sien niege Klock keken, un denn hebbt se em je fraagt, in de Paus: Hest du en Klock kregen?

Jawull, hett he seggt.

Wies maal her! hebbt se seggt.

Un denn hebbt se ehr bekeken, vun all Sieden.

Woneem hest du de denn her? hebbt se fraagt.

Vun mien Opa, see he. De heff ik arvt. Dat weer mien Opa sien ole Klock.

So süht se ok ut! hebbt se seggt. Dat is je doch keen Klock. Nich waterdicht, keen Quarz, keen Nix. Uroolt. De kannst vergeten!

Un geven em de Klock trüch.

He bekeek ehr: ›Waterproof‹ dat stunn dor narms. Quarz harr se ok nich, en muß ehr optrecken. Liekers: He freu sik to de Klock. Op düsse Klock harr sien Opa keken, wenn he em fraagt harr: Opa, wannehr kummt dat ›Sandmännchen‹? Noch een Minut, harr sien Opa seggt un harr den Fernseher anknipst.

Op düsse Klock harr sien Opa keken, wenn de Lütt över sien Schoolarbeiden seet un nich ferdig worr. Meine Güte, harr sien Opa denn ropen, nu sittst du al meist en dreeviertel Stünn un büst jümmer noch nich trech mit den doren Kraam! Mi dücht, jüm kriegt toveel op!

Un op düsse Klock harr sien Opa keken, wenn se beid an Strand weern un keen Lust harrn, na Huus to gahn. Denn harr he de Klock trüchstellt un harr grient: So, nu köönt wi nix mehr dorför, wenn wi to laat an't Huus kaamt. De ool Klock, de geiht wedder maal verkehrt. Is nix mehr weert dat Ding! Un denn wulln se sik je weglachen, de beiden.

Un nu harr he de Klock, de ool Klock vun sien' Opa. Nix mehr weert dat Ding, dat is wohr, aver liekers de best Klock, de he sik denken kunn.

Ik weet dat noch as hüüt, wenn't op Wiehnachten togung, denn weer ik as lütte Jung so jiddeli, ik worr meist krank. All Ogenblick köter ik bi mien Mudder an: Mudder, bringt de Wiehnachtsmann mi ok dat, wat ik mi wünscht hefft?

Tööv dat af, see Mudder denn.

Hest em mien' Zeddel geven?

Heff ik, see Mudder.

Ik heff dat in mien allerbest Schrift schreven. Hest dat ok noch mal lest? Ik heff doch nix vergeten?

Nee, nu maak di man keen Sorgen, see Mudder.

Meenst, wat ik allens kriegen do?

Dat nehm ik nich an, see Mudder, dat is je doch en Wunschzeddel un keen Bestellzeddel, dor warrt he sik wat vun rutsöken.

Man dat, wat ik ünnerstreken heff, dat is dat Allerwichtigste! Hest em dat ok seggt?

Mudder worr meist möör un see nu al wat gnegeliger: Dat löppt sik wull allens trecht. Nu laat uns man vun wat anners snacken, dat is je ok noch dree Weken hin.

Man dat holp nix, elkeeen Dag keem ik an un fröög: Wenn he mi nu vergitt? Wo ik mi doch so dull wat wünschen do.

Do keek Mudder mi an un see: Jung, Jung, so kann dat je nich wiedergahn. Dat Wünschen maakt di je krank. Du hest dor je gor keen Freud an.

Wat se dormit seggen wull, heff ik do noch nich begrepen. Man denn keem de Nameddag, do gung Mudder na de Stadt, un ik bleev alleen in't Huus. Se wull na'n Wiehnachtsmann, see se, dor kunn se mi nich bi bruken. Un do dach ik miteens: Dor is se al tweemal west, un jümmer, wenn se an't Huus kummt, geiht se na baven in de Slaapstuuv un slütt den Klederschrank op. Wat hett se dor to kriegen? Un ik gung al de Trepp hooch, op de Döör vun de Slaapstuuv to, faat den Drücker an, möök de Döör open un stunn vör den groten Klederschrank. De Slötel steek, ik dreih un trock de Schrankdöör op. Dor hungen Vadder sien Antöög un Mudder ehr Kleder, ünnen stunnen de Schöh, man mien Ogen gungen hooch na dat Boord baven de Kleder. Dor legen Bettlakens un Handdöker, allens sauber op Kante stapelt. Un denn weer't, as weer ik in Trance: Ik trock mi en Stohl ran, kledder dor rop, reck mi op de Töhn, lang mit de rechte Hand achter de Handdöker un harr ehr faat; dor legen se, de Paketen. Ik weer as starr. ›Noch kannst den Schrank wedder tomaken‹, dach ik, ›kannst den Stohl wegstellen un na ünnen gahn.‹ Man do trock ik ok al dat eerst Paket ut den Schrank. Dat weer för mien' Broder, so stunn dat dor op. Ik legg dat an de Kant un lang wedder to. Süßmal. Do harr ik ehr all buten, dree Paketen för mien' Broder, dree för mi. Ik steeg vun den Stohl, sett mi op den Footborn, kreeg mien Paketen mank de Been, puul de Bindfadens op un wickel ehr ut dat Wiehnachtspapier: mien Geschenken, allens, wat ik mi wünscht harr. Dor leeg dat nu.

Un denn schoot ik in' Dutt, Mudder stunn in de Döör. Se see en ganze Tiet nix, un denn see se bloots: Na, freust di nu? un gung na ünnen. Do heff ik de Geschenken wedder inpackt, man ik kreeg dat nich richtig hin, dat Papier knitter, un de Schleufen seten scheev.

Mudder hett nix seggt, bit Wiehnachten hin nich, un ik ok nich.

Un denn keem de Hilligavend. Wi stunnen vör den Dannenboom, un ik worr ehr foorts wies: dree Paketen, dat Papier knittert un de Schleufen scheev. So legen se dor, jüst so, as ik ehr inwickelt harr. Un nix anners. Ik heff ehr utpackt, man freut heff ik mi nich.

Dat mutt Mudder nich licht fullen hebben, man dat hett holpen. Do heff ik dat noch nich seggen kunnt, aver föhlt heff ik dat: To dat Wünschen, dor höört dat Vertruun to, denn dat Vertruun, dat is de Anfang vun de Freud. Mudder hett dat wußt, un ik bün dat gewohr worrn.

Junge Daag

Wat sung mien Vadder jümmer, wenn he vör'n Spegel stunn? Auch ich war ein Jüngling mit lockigem Haar. Das war eine köstliche Zeit! Denn fohr he sik mit de Hand över sienen kahlen Kopp un süüfz: Was vergangen, kehrt nicht wieder. So geiht dat mit de Hoor un mit dat Leven. Man wat dat Leven anlangt, see he denn, mußt di marken: Aber ging es leuchtend nieder, leuchtet's lange noch zurück!

Un dat heff ik Christine Wessel güstern ok seggt. Se schull dat Hulen man nalaten, heff ik seggt, dor keem dat Geld ok nich vun trüch. Freu di lever, heff ik seggt, wat dien Dochder so'n grotet Hart hett un so vull vun Leev is. Man dor wull se nix vun weten.

Ik beed di, see se, en grotet Hart? Enen an de Klapp hett se! Ehr höört de Achtersten versahlt mit ehr achteihn Johren! 10000 Mark! Achteihn Johr hebbt wi dor an spoort! Un nu is dat futsch, för Nix!

Also good, ik mutt togeven, ik worr as Vadder ok nich jüst Halleluja sungen hebben, wenn mien egen Dochder dat doon harr, aver wenn ik dor över nadenk, mi dücht, för Nix hett de lütt Eva dat Geld nich verjuckelt. Denn dat weer je doch so: Eva weer achteihn worrn, vör veerteihn Daag. Un dat harrn se je groot fiert. Volljährig.

Endlich erwachsen! see Eva.

Dor bün ik mi nich seker, see ehr Opa, aver nehmt wi dat för hüüt maal an.

Se harr en Barg Geschenken kregen. Man denn harrn ehr Vadder un Mudder seggt: So, mien Eva, nu kummt dien Hauptgeschenk.

Se harrn ehr en grotet Breevkuvert överreicht un harrn dor en heel wichtiget Gesicht bi opsett. Un ehr Mudder harr seggt: Düt Geschenk, dat luurt al siet achteihn Johr op di. Du weerst man knapp op de Welt, do hebbt wi dat för di in' Opdrag geven.

Eva hett dat Kuvert denn opmaakt, eerstan harr se nich wußt, wat dat för'n Papier ween kunn, wat se dor ruttrock. Dat weer so'n Oort Urkunde.

Lees di dat man langsam dörch, see ehr Vadder. Un denn harr se dat je rutfunnen.

Papa! reep se. Mama! För mi?

Lees, wat dor steiht, see ehr Mudder, ünnen rechts: Unwiderruflich bezugsberechtigt ist... Dat mußt du lesen.

Do harr de Lütt opschregen, weer ehr Mudder un ehren Vadder um' Hals fullen, weer denn as unklook vun enen to'n annern hüppt, harr ehr all dat Papier ünner de Nees holen, harr ehren Fründ Ralph in de Arms nahmen, weer endli op't Sofa dalsackt un harr jümmer wedder seggt: Ik krieg 10000 Mark!

De Tranen weern ehr vör Freud över de Backen lopen.

Tscha, so weer dat ween. Ausbildungsversicherung. De Öllern harrn ehr foorts na Eva ehr Geburd afslaten. Nu weer se fällig. 10000 Mark.

Un Christine huul, as se mit dat vertell. Wi hebbt do, vör achtteihn Johr, je gor nich so gau begrepen hatt, wat de Mann vun de Versekerung uns fraagt harr, see se. Wer soll der Bezugsberechtigte sein? Dat weer je doch kloor, Eva schull dat hebben. Wi weern so glückli över dat lütt Worm, wat dor in de Weeg leeg. Unwiderruflich? hett he fraagt. Natüürli unwiderruflich! Wat denn sunst? Un nu is dat schöne Geld weg! ween se. Keen teihn Daag na ehren Geburdsdag! Harrn wi de Versekerung op uns utstellen laten, denn harr se dat Geld eerst kregen, wenn se uns seggt harr, för wat se dat utgeven will.

Tscha, denn harr se't wiß nich kregen, denn teihn Daag na den Geburdsdag, do keem Eva bi ehr Öllern an, stoov man so in de Stuuv un reep: Mama! Papa! Kiekt gau maal vör de Döör, wat dor to sehn is!

Dat deen se denn ok.

Vör de Döör seet Ralph, stolt as'n Cowboy, op den Saddel vun' schönet, grotet, hagelniet Motorrad.

De Öllern weern baff.

Wat is dat? fröög Christine, un in ehr Ogen glimm dat op.

Mien Geschenk för Ralph! strahl de Lütt. Jüm kööont em grotteleren, he hett vundag Geburdsdag!

Du hest doch wull nich? Hans un Christine verschoot de Klöör.

Aver do se de Lütt ok al: Ik heff em dat schenkt! Un süüfz: Mama, wi sünd je so glückli!

Veel mehr Lüüd weern dor aver ok nich, de glückli weern. Hans un Christine weern meist in Amidaam fullen, un se sünd dor ok hüüt noch nich wiet vun af, wenn se an dat Geld denkt.

Tscha, so kann't gahn mit de groot Leev. De Verstand geiht dor je meisttiets bi in de Grütt. Aver eenmaal in't Leven mutt de Welt ok op'n Kopp stahn hebben. Dat mutt je nich jümmer teihndusend Mark kosten.

Wat sung mien Vadder? Aber ging es leuchtend nieder, leuchtet's lange noch zurück! Wenn't momentan ok noch mehr so'n Oort Gewidderlüchen is, se sünd all sprüttengiftig, man in de olen Daag, dor bün ik mi seker, fangt so'n Geschichten dat Lüchen an.

Wenn in de Universitätsstädten dat Semester wedder anfangt, is dat jümmer en leege Tiet för de jungen Lüüd, wenn se noch keen Stuuv funnen hebbt, denn de sünd knapp. Liegt se good, sünd se düür, un sünd se billig, liegt se wietaf, oder dor is sunst wat mit vermaakt, en schall dat Inkopen övernehmen, den Goarn plegen oder Babysitter spelen. Dat heff ik as junge Mann un Student ok allens achter mi brocht. Aver wat ik mit Erna, de Marktfruu, beleevt heff, ik weet nich, wat dat sowat op de Welt noch eenmaal geven deit. Ik soch de Tiet maal wedder en Stuuv un harr mi al an Morrn, Klock veer, de Zeitung mit de Annoncen besorgt. Dor stunn dat: Stube an Studenten abzugeben. Erna Sowieso. Ab 14 Uhr.

Ik to Klock Twee rin in mien' besten Antog, mit Schlips un Schlaps, denn wat see mien Vadder jümmer: Een' goden eersten Indruck kannst man eenmaal maken, en tweete Chance gifft dat nich! Klock

Twee stunn ik vör de Döör, bimmel, un en lütte, pummelige Fruu möök op. Dat weer Erna, drall un schier as een vun ehr Mettwussen, de se op den Markt verkopen dee.

Na, Sie sehen ja ganz manierlich aus, see se, sind Sie das aber auch?

Natüürli, see ik, mien Vadder is Beamter, und die Miete wird per Dauerauftrag überwiesen!

Ik nehm an, dat hett den Utslag geven. Na, denn schull ik man rinkamen, see se; denn hett se mi de Stuuv wiest, allerbest, un ik kreeg ehr ok. An Avend schull ik daalkamen, na ehr in de Stuuv, dor wullen wi denn den Verdrag ünnerschrieven un op gode Naverschop anstöten.

Na ja, ik an' Avend je noch maal wedder in mien goden Antog un denn na ehr in de gode Stuuv un sett mi dor in so'n groten, grönen Sessel daal. Nu kriggt se je den Verdrag her, ik ünnerschriev, un denn schenkt se uns en Cognac in un seggt: Nu wüllt wi anstöten.

Süh, un do, jüst, wo ik na dat Glas griepen will, mien rechte Hand, de hangt so'n beten över de Löhn vun den Sessel daal, do kummt dor achter den Sessel en Hund ruut, den harr ik överhaupt nich sehn tovör, en Hund, segg ik di, groot as en Kalv, en Dobermann, grippt na mien Fuust, hett ehr mank de Tähn un fangt dat Kauen an. Ik schreeg op, so heff ik mi verfehrt.

Mein Himmel! reep ik. Wat is dat denn?

Jaha, see Erna, das ist Assi. Das mag sie für ihr Leben gern, so'n büschen gnurbeln. Lassen Sie sie man ruhig.

Ik heff de Oolsch ankeken, as harr se ehren Klook nich mehr. Mi gung allerlei krusen Kraam dörch den Kopp: Jung, heff ik dacht, nu heff ik endli en Stuuv, un foorts bün ik mien rechte Hand los! Denn dat kann je nich goot gahn, so as de dore Hund an't Gnurbeln is! Wat nu? Treckst de Hand ut de Snuut, büst de Stuuv je loos. Un bitt dat Riesenkalv to – na ja, en kann je ok mit links schrieven. Un tatsächlich, ik heff doch dat Glas mit de linke Hand nahmen un heff ehr toproost. Un se hett seggt: Auf gute Nachbarschaft! Schöön, dat Se Assi so geern lieden mögen.

Een Johr heff ik dor wohnt, een Johr mit Assi. Keem ik an Morrn ut mien Stuuv, denn sprung dat Deert mi an, un so'n Dobermann, dor sitt Gewicht achter, wenn en nich fast op de Been steiht, flügg en foorts achterröver. Un sowat is je nich goot, wenn en ünner den Hund to leggen kummt, dat kann so'n Veeh övermöödig maken un denn bitt dat to. Ik heff Angst un Bangen utstahn in de eersten Weken, man denn harr ik mi dor an gewöhnt; wenn ik nu ut de Stuuv keem, heff ik mi al foorts na vörn överböögt, wat ik mi beter gegen Assi anstemmen kunn.

Leger aver weer dat je an' Avend. Erna muß moorns al Klock halvig Fiev ut' Huus un to Markt, sodennig gung se an Avend Klock halvig Negen to Klapp. Nu harr se aver in ehr Slaapkamerdöör, dor harr se Glas in sitten, Riffelglas, un se harr al foorts an' eersten Dag seggt: Nach halb Neun bitte kein Licht mehr im Treppenhaus und Flur. Das weckt mich auf. Wenn ik Besöök harr, see se, denn dat seeg se je in, dat ik nich ok al Klock halvig Negen to Bett kunn: Immer schön leise, see se, und im Dunkeln die Treppe herunter.

Dat deen wi denn ok. Ik see to mien' Fründ, as de mi dat eerstmaal besöken dee: Wi mööt in' Düstern daal, faat mit dien linke Hand dat Gelänner an, de rechte leggst op mien Schuller, un denn: im Gleichschritt, de Trepp daal.

Aver ünnen, vör de Döör vun Erna ehr Slaapkamer, dor leeg Assi, un man knapp, dat se uns baven ut mien Stuuv kamen höör, stunn se op, gung na dat Treppengelänner un legg ehren groten Kopp mit de Snuut so op dat Enn vun dat Gelänner, dat se na baven kieken dee. So stunn se dor un luur.

Wat is loos? see mien Fründ, do weern wi ünnen ankamen. Worüm bliffst du stahn?

Ik see: Pst! Dat is man en lütten Ogenblick.

Wat is passeert? see he.

Pssst! see ik. Nich so luud! Ik sitt in' Hund.

Wat? fröög he.
Assi, fluster ik, se is an't Gnurbeln.

So gung dat jümmer. Mit de Tiet hebbt wi uns dor an gewöhnt. Wenn mien Fründ dat maal hild harr, denn see he mennigmaal: Laat uns man al gahn, dat mit Assi duurt je ok noch sien Tiet.

Twee Johr heff ik bi Erna wohnt, denn heff ik de Stadt wesselt un annerwegens studeert, do muß ik mi je wedder en Stuuv söken. As ik en funnen harr, heff ik den Mann fraagt: Haben Sie einen Hund?
He hett mi ganz verbaast ankeken. Nee, hett he seggt. Wir haben einen Kanarienvogel. Jung, heff ik dacht, wat so'n Kanarienvogel di andohn kann, dat weet ik nich, aver den Kopp op dat Gelänner leggen un Gnurbeln, dat kann he je wull wiß nich. Do heff ik toseggt.

Dat gifft so'n Lüüd un so'n Lüüd; de en is würkli vörnehm un maakt dor nix vun her, man de anner, de smitt sik in Posituur un will all wiesen, wat för'n vörnehme Minsch he is; un maakst maal wat verkehrt bi em, wat sik na sien' Menen nich hören deit, denn kannst wat beleven. So gung mi dat as junge Mann, do harr ik mi maal in en Deern verkeken, dat weer en Comtesse, de Mudder weer Gräfin. Dat heff ik natüürli nich wußt, as ik de Deern kennenlehrn dee, ik much ehr bloots lieden.

Süh, un nu wull de Mudder, de wull mi je wull maal inspizeren (de Vadder weer in' Krieg fullen), ik schull to Eten kamen. Un do see de junge Deern to mi: Du weißt ja, ich heiße ›von Sowieso‹, meine Mutter legt Wert auf die Anrede ›Gräfin‹. Dunnerwetter, dach ik, mit Gräfinnen hest bitherto noch nix to kriegen hatt, wat mutt en dor nu to seggen, to so'n Gräfin?

De Deern hett dat wull ahnt hatt, wat mi dör'n Kopp gung. Du sagst einfach ›Gräfin‹, see se, nicht ›Frau Gräfin‹, das sagen nur Untergebene. Nee, dach ik, Untergebene, dat bün ik je ok nich. Also: Gräfin. Naja, ik je hin, un dat gung ok allens goot. Denn keem dat Eten.

Mundet es Ihnen? fröög de Mudder.

Ik see: Wat? - Ach ja! see ik. Es schmeckt wunderbar.

Nehmen Sie doch noch! see se.

Nee, heff ik dacht, dat do ik nich. Nu will se di op de Proov stellen; denn dat harr ik je to Huus lehrt: En schall mit dat Eten jümmer ophören, ehrer en richtig schöön satt is, anners süht dat ut, as wull en sik den Buuk vullslagen. Un dat gellt nich as vörnehm. Dorüm see ik: Vielen Dank, aber ich bin satt.

Süh, do keek se mi an, vun ünnen bit baven, un see liesen: Nicht ›satt‹.

Doch, see ik, ich bin satt.

Bitte nicht ›satt‹, see se.

Ik keek ehr an, as harr se ehren Klook nich.

Doch, see ik nochmaal, ich bin wirklich satt.

Nein, see se un schüddel mit den Kopp, so sagt man nicht. Es heißt nicht: Ich bin satt. Das ist ungebildet. Man sagt: Es ist mir räumlich nicht mehr möglich.

Also nu slaa mi doch den Dunner, heff ik dacht. Mien Leven lang bün ik satt ween, un nu, wat schall ik nu ween? Räumlich nicht mehr möglich? Also nich mit mi! Sowat nich!

Do weer dat ut mit de Comtess un ehr Mudder, de Gräfin. Blangenbi, ik heff mi laterhin maal erkunnigt, wat dat egentli för'n Gräfin weer. Un do keem dat je ruut: Ehr Mann weer'n Graf ween, en richtige Graf, man se, se weer en geboren Petersen ut Elmshorn.

Tscha, wat see mien Oma jümmer? Wenn Schiet wat warrt, denn kannst wat beleven!

Dat hebbt wi je wull all maal hatt: Bammel för en Prüfung. Ik weet noch, as ik mien eerste Lehrerprüfung maken schull, an de Pädagogische Hoochschool, den Avend tovör keem ik op'n ›Horrortrip‹. Ik seet op de Bettkant, stier vör mi hin un weer mi ganz seker, den doren morgigen Dag, den worr ik nich överstahn. Ik see jümmer wedder vör mi hin: Ik fall dörch; dörch alle Fächer.

Do kreeg ik miteens de Scheer to sehen, de leeg blangen mi op den Nachtdisch. Ik lang mit de rechte Hand na de Scheer, kreeg mit de linke mien Krawatt faat un fung nu an, as in Trance, fung ik an un snippel Stück för Stück vun mienen Slips af. Un jümmer, wenn ik en Stück afsneed, murmel ik: Engelsch? Kann ik nich. Fall ik dörch. Schnipp! Weg weer dat Stück. So gung dat langsam vun ünnen na baven rop. Mathe? Gah mi af, kann ik nich. Schnipp! Musik? Bruukt wir gor nich vun snacken. Schnipp! Wedder en Stück weg.

Do keem mien Fruu rin. Se seeg mi dor op de Bettkant sitten, mit de Scheer in de en Hand un den Slips in de anner, se reet de Ogen op un reep: Wat maakst du dor?

Ik fall dörch, see ik ganz ruhig, dörch alle Fächer. Schnipp! Dat weer Erdkunde. Biologie, Psychologie. Schnipp! Schnapp!

Un denn harr ik den Slips opbruukt, ik weer baven bi den Knütten anlangt. Do gung mien Fruu na den Klederschrank, mööк em op un kreeg en frischen Slips rut, den lang se mi röver un see: Wi sünd je noch nich mit all Fächer dörch. Turnen fehlt noch, Düütsch, Pädagogik.

Ik gluupsch ehr an. Dat weer mien besten Slips, den se in de Hand harr. Büst du verrückt! reep ik.

Süh, do harr se mi wedder op de Welt.

Na ja, den annern Dag heff ik denn mien Prüfungen maakt un heff ehr ok all fein bestahn. Bloots in Musik, dor heff ik en Fiev in kregen. Ik kann nu maal nich singen, liekers ik so geern Musik hören mag, ik bün en Brummer. Aver to de Tieden weer dat je noch so, wokeen Volksschoollehrer warrn wull, de muß ok en praktische Prüfung in Musik maken, dor keem he nich um rum.

Also gung ik na den Musiksaal hooch. De Perfesser stunn al an't Klavier un see:

Nur herein! Was singen wir denn?

Tscha, see ik, singen kann ich leider nicht. Geben Sie mir gleich eine Fünf.

Kommt gar nicht in Frage, see he, hier wird nichts verschenkt! Also was singen Sie?

›Hoch auf dem gelben Wagen‹, see ik.

Soll ich Sie begleiten? fröög he.

Dat laat man lever na, dach ik, anners kaamt wi

heel un deel dörchenanner, wat för Noten gellen schüllt, dien oder mien.

Nein danke, see ik.

Dann fangen Sie bitte an! see he.

Na ja, dat mutt dor nu op af, heff ik dacht, möök de Ogen to un fung dat ›Singen‹ an. As ik de eerst Strooph achter mi harr, möök ik en Paus un de Ogen op. Ik wull maal sehn, woans mien Perfesser nu utsehn dee, man he weer gor nich mehr dor. Jüst harr he noch op den Klavierhocker seten, nu weer de Platz leddig. Ik keek mi verbiestert um. Do seeg ik em achtern in de Eck vun den Musiksaal, dor stunn he, keek ut' Finster un see nix.

Tscha, dach ik, schallst du nu de tweet Strooph ok noch singen oder nich? Fraag man lever eerstmaal.

Soll ich die zweite Strophe auch noch …? fung ik an.

Do dreih he sik langsam um, schüddel sachen den Kopp un see: Bitte nicht.

Also nicht mehr die zweite …? fröög ik tögerli.

Nein danke, see he, keem op mi to, bleev för mi stahn un see heel fründli: Sie wollten doch gern eine Fünf haben? Ich erfülle Ihnen diesen Wunsch schon nach der ersten Strophe.

Süh, as wenn ik mi dat nich dacht harr, dat Singen harr ik mi sporen kunnt. Aver wat see mien Perfesser? Verschenkt warrt nix? Dennso heff ik mi düsse Fiev op reelle Oort un Wies verdeent. Un dat kummt je nich faken vör, dat en Prüfling sowat togifft.

Also wo de Minsch sik för genieren deit, dat is je mennigmaal lächerlich. Ik weet noch, as ik to School gung, to de Tiet harrn de Jungsbüxen vörn noch Knööp. Un do worr uns je intrichtert: Jümmer schöön op de Knööp achten, de Stall höört to, anners is dat schenant, un de Lüüd lacht di wat ut. Un so weer dat ok. Den enen Dag, wi weern al Obersekundaner, do keem uns Direktor in de Klass, un wi worrn dat foorts wies: en vun de Knööp vörn harr he vergeten. Wi stöten uns an, hucheln un gucheln, as wenn't sunstwat weer. Am Enn stunn en vun uns Jungs op un see, he muß maal uttreden. As he wedder keem, bleev he in de Döör stahn un loog: Herr Direktor, Ihre Sekretärin läßt Sie an's Telefon bitten. Uns Direx gung je ruut un de Jung achterran. Buten stamer he denn: Herr Direktor, es ist mir außerordentlich unangenehm, aber wenn Sie bitte einmal an sich heruntersehen würden. Dat dee he denn ok, uns Direx, seeg den Knoop, aver denk man nich, he harr nu ›Danke‹ seggt un de Büx toknööpt, nee, he see forsch: Gehen Sie rein, ich habe zu telefonieren! Also wat för'n Quatsch, dor weer je doch keeneen an't Telefon! Nee, wat weer dat för'n dütterige Tiet.

Liekers, ik heff düsse Geschicht nie vergeten; as ik sülm Lehrer worr un mien eerst Klass kreeg, en fofftet Schooljohr, heff ik ehr vertellt un heff seggt: Also wenn 'mal irgendetwas bei mir nicht in Ordnung sein sollte, dann machen wir da kein Theater von, dann sagt ihr das! Tscha, klor, dat wullen se denn ok.

Na ja, de Tiet gung in't Land, un ik heff dor nich mehr an dacht. Man den enen Morrn, do see ik: Wat is dor achtern los? Wat gifft dat dor to flustern un to pruschen?

Do stunn de lütt Volker op, de weer de Klassensprecher, witt in't Gesicht vör Opregung, un see: Herr Bull, Sie haben doch mal gesagt, wenn Sie nicht in Ordnung sind... Oha, schoot mi dat dör'n Kopp, nu is dat sowiet: de Büx!

Ik wull an mi daalsehn, man do kunn ik dat nich, miteens weer mi dat schenant för all de Deerns un Jungs; un ik seehg wedder unsen olen Direktor vör mi un höör sien: Gehen Sie rein! Ich habe zu telefonieren!

In den Ogenblick dach ik: Na, sowiet büst em nich vörrut. Man denn see ik: Und was ist nicht in Ordnung?

Un do see de Lütt, he kreeg dat meist nich ruut: Sie

haben seit drei Tagen zwei verschiedenfarbige Socken an: Blau und Schwarz.

Ik trock de Büxenbeen hooch, keek op de Strümp: Tatsächlich! Blau un Swatt. Ah! reep ik, weet jüm, wo dat vun kummt? Ik treck mi nu morgens jümmer in Düstern an, denn wi schüllt en lütt Baby kriegen, un ik will mien Fruu nich opwaken, wenn ik opstah.

Un do gung dat je loos: Oh, Herr Bull, das macht doch nichts mit den Socken! Machen Sie bloß kein Licht an! Un denn weern se je all neeschieri, wat dat för'n Baby warrn schull, en Jung oder en Deern.

Un en vun de Deerns see noch: Sie könnten die Socken ja schon abends sortiert ins Badezimmer legen. Dann kann das nicht passieren.

Ja, see ik, dat is en goten Infall, dat will ik denn ok doon.

Man dormit is de Geschicht noch nich to Enn. Dree Johr later, nu sünd wi al in de sövente Klass, ik heff jüst ›Goden Morrn‹ seggt, do steiht Volker wedder op, de is jümmer noch Klassensprecher, un grient:

Herr Bull? seggt he. Ist es wieder soweit? Un strahlt över't ganze Gesicht: Schwarz und Blau.

Ah, dat is je doch wull nicht möögli! reep ik un keek op mien Socken. Wahrhaftig! Nee, lach ik, dütmaal kriegt wi keen Baby.

Un do see de lütt Gerda: Dann ist es wohl nur Schlamperei. Aber Sie sagen uns doch immer: Schlamperei kann ich nicht dulden!

Süh, un do sünd wi uns dor um eenig worrn, wi wullen man lever seggen: Lütt beten scheef hett Gott leev. Mit so'n Snack lett sik dat lichter leven – wat de Büx, de Socken un dat Leven överhaupt anlangt.

Du büst doch Schoolmester, see Hermann Öhlerich, lehrt jüm de Schölers hüüt nich mehr, woans en den annern den Weg beschrieven mutt? ›Wegbeschreibung‹? Is dat ut de Mood?

Wo kummst dor op? fröög ik.

Dat worrst nich frogen, see he, wenn du dat achter di harrst, wat ik achter mi heff. Ik weer güstern in Itzehoe, ik schull na dat Raathuus. Un dat will ik di seggen, see he, Itzehoe un Wegbeschreibung, dat is en Kapitel för sik. In de Merrn vun de Stadt allens Einbahnstraßen. Na, denk ik, fraag man lever, ehrer du hier rumbiestern deist.

De Ampel worr jüst Root, ik dreih de Schiev dal un fröög en Mann:

Wo geiht dat hier na dat Raathuus?

Oha, see he, dat is nich so eenfach to! Wenn't de Bahnhoff weer, kunn ik Se dat licht verkloren, man dat Raathuus...?

Do sprung de Ampel op Gröön.

An de neegste Ampel reep ik en Fruu to:

Ik schall na dat Raathuus.

Na dat ole oder na dat niege?

Dat hett mi keeneen seggt, wat jüm twee hebbt.

Dat is ok eendoon, see se, de liegt beid blangenanner.

Do sprung de Ampel al wedder op Geel.

Un woans kaam ik dorhin?

Dat is nich wiet weg, reep de Fruu achter mi her, tweehunnert Meter Luftlinie.

Nu vertell du mi maal, see Hermann Öhlerich, woans du mit dien Auto Luftlinie fohrn schallst. So warrt dat nix, dach ik, fohr an de Kant un fröög en jungen Mann.

Na dat Raathuus? Keen Problem, see he. Vörn links, denn de tweete Ampel rechts, denn links, de drütte Straat rechts, denn liekut, un dor, wo de Straat spitz tolöppt, dor liggt dat Raathuus.

Süh maal, see Hermann, ›links‹, ›rechts‹, ›tweete Ampel‹, ›liekut‹, dat kann ik mi je allens vörstellen, aver nu beed ik di, wat is en Straat, de ›spitz‹ tolöppt?

Dat holp je nix, ik muß nochmaal wedder ran un fröög en olen Mann.

Deit mi leed, see de, ik fohr keen Auto, dor kann ik mi nich rindenken.

Sühst wull, dor kummt dat op an, see Hermann, en mutt sik in den annern rindenken könen, anners warrt dat nix mit de Wegbeschreibung. Dat bring de Gören in de School man bi!

Do ik, Hermann, see ik, do ik.

Den annern Dag heff ik en fein Bild an de Tafel maalt. Mit Straten, Ampeln un en Autofahrer. De höllt bi Root, un blangen em steiht en lütten Jung mit sien Rad.

So, see ik to de Lütten in de tweet Klass, düsse Autofahrer weet nich, woans he na de Parkstraat fohren mutt, un nu fraagt he den Jungen. Wat schall de nu seggen?

Ik heff dacht, dat geev man twee Lösungen. De eerst schull heten: Bis zur vierten Ampel, dann links abbiegen, die dritte Straße rechts ist die Parkstraße.

Aver de Kinner schullen sik je in den Autofahrer rindenken, un för den weer't eenfacher, he muß keen Ampeln tellen. So kunn en beter seggen, un dat weer de tweet Lösung: Diese Straße bis zum Ende fahren, dann links abbiegen. Wieder bis zum Ende fahren, dort beginnt rechts die Parkstraße.

An de drütt Lösung heff ik nich dacht, aver de hett Peter Piel funnen. He schull den Jung mit dat Fohrrad spelen.

Ich hab' kein Fahrrad, see he, kann ich auch meinen Roller nehmen?

Natüürli kannst du dien' Roller nehmen, see ik. Aver nu man loos, nu warrt de Ampel Root.

Un de Lütt starr op dat Bild an de Tavel. He weer för dull an't Gruveln, kratz sik an' Kopp un see miteens:

Das kann ich nicht beschreiben. Ich weiß aber genau, wo das ist. Fahren Sie langsam hinter mir her, ich roller voran.

Ik nehm an, Hermann Öhlerich harr sik höögt, wenn he in Itzehoe so'n Jung an de Ampel drapen harr. Wenn't ok nich jüst en ›Wegbeschreibung‹ weer, aver rindacht in den Autofohrer, dat hett he sik, de Lütt: Kann ik dat nich seggen, kann ik dat jümmer noch wiesen. De Hauptsaak, dat hölpt.

Süh, so geiht dat, dat Hölpen, dat fangt mit dat Rindenken an.

Annerletzt weer ik in de School un heff den Ünnericht tokeken. De veerde Klass harr Reken. Weer ok allens prima. Man denn, de Stunn gung op't Enn to, do see de junge Lehrerin: Und nun wollen wir noch ein bißchen Spaß haben. Wettrechnen!

Nu mussen se sik all achtern an de Wand opstellen, de Lehrerin bleev vörn un stell de Opgaven: 3 × 8, see se, plus 6; geteilt durch 5.

Achtern weern se för dull an't Reken, denn grööl ok al de Eerst: Sechs!

Richtig, see de Lehrerin. Un he dörv en Schridd vörtreden. So gung dat nu wieder. Wunnen hett, de als de eerst bi de Lehrerin vörn anlangt.

Man ik keek al nich mehr op de Kinner. Miteens seeg ik mi sülm wedder an de Wand stahn. As lütten Sextaner in der Oberrealschool. Jüst harr uns Mathelehrer seggt: Hart wie Kruppstahl, zäh wie Leder und schnell wie Windhunde will euch der Führer haben. An die Wand! Wettrechnen!

Wi stoven an de Wand, un denn knattern ok al de Opgaven op uns dal: 3 × 18; plus 4 × 5; minus 2; dividiert durch 8. Gleich!?

Un dat duur man en lütten Ogenblick, denn knall dat vun de Wand trüch, veer, fiev Stimmen dörchenanner: Acht!

Möller ein Schritt vor. Nächste Aufgabe.

Un ik hung an de Wand, kunn nich denken, kunn nich reken, weer as lahm. Links un rechts vun mi gung dat Schridd för Schridd na vörn.

Un denn weer't wedder sowiet: Mit dree Mann stunnen wi noch an de Wand, de annern weern mit dat Speel dörch. Links vun mi Peter Ibs, rechts Korl Denker. He harr nu Sluß maken kunnt, uns Mathelehrer, harr seggen kunnt: Drei Verlierer. Setzt euch. Denn weern wi na uns Plätz gahn un harrn uns daalsett. Mit dree Mann geiht sik dat lichter för all Ogen. Aver he see, wat he jümmer see: Jungs, ihr müßt lernen zu kämpfen! Un denn stell he ganz lichte Opgaven. Un de dree lütten Sextaners dor achtern an de Wand de fungen dat Kämpfen an, en gegen den annern. Nüms wull de Letzt ween.

So gung dat Week för Week, man denn, den enen Dag, ik stunn an de Wand, do heff ik miteens ophöört. Ik weet nich, woans dat kamen is, utdacht heff ik mi dat nich, dat weer eenfach so. Ik höör dor nich mehr op hin, wat de Lehrer dor vörn för Opgaven stell. Ik stunn, föhl de Wand, seeg buten de Bööm, de Wind dreev de Blöder vör sik her; ik keek na de Wulken, de över den Himmel susen; maal reten se op, do schien för'n lütten Ogenslag de Sünn, se full op de Wand, un ik föhl de Warms.

Wat see de junge Lehrerin vun de veerde Klass na ehr Stunn? Wettrechnen mögen sie zu gerne, und Konkurrenz belebt das Geschäft.

Dat mag ween, heff ik seggt, aver Konkurrenz is nich allens in't Leven.

Se keek mi an, stutz un see fründli: Natürlich nicht, so meine ich es auch nicht.

Ik nehm an, se hett noch narms an de Wand stahn.

Hüüt hebbt wi en Delikatesse, see de Kröger un lang mi de Spieskort hin. Kaninkenbroden! Ganz frisch. Vun mien egen Kaninken. Heff ik vunmorgen sülm slacht!

Ik bün nich so för Kaninken, see ik. Bringen Se mi man de Arfensupp.

De is ok allerbest! see he un gung na de Köök.

Ik keek em na. Un seeg mien Mudder vör mi, as se mi den Korv mit dat Kaninken geev un see: Dormit geihst na Slachter Schulz, töövst un bringst dat wedder mit trüch. Ik wull nich, aver se see: Stell di nich an! Woto sünd Kaninken dor, nu, wo wi nix to bieten hebbt.

Wi harrn do so Stücker fiev Kaninken, de weern all vun de swatte Oolsch. De swatte Oolsch, de heff ik klaut hatt, as se noch ganz lütt weer. Vun Franz Matzen. De harr sien Kaninken in so'n Drahtkäfig op den Rasen lopen, dat se sik ehr Fudder sülm söken kunnen. Ik wull je so geern en Kanink hebben. Man Mudder wull dor nich ran.

Dat weet ik nu al, wo dat op rutlöppt, see se, acht Daag kümmerst di um dat Tier, denn sitt ik dor mit an un mutt Kaninkenfudder plücken. Noch hebbt wi Kaninken nich nödig.

Do heff ik den enen Nameddag Franz een vun sien lütt Kaninken klaut. Ik kreeg dat bi de Nack, steek dat in en groten Korv mit'n Deckel, dor harr ik Gras rindoon, un versteek dat in den lütten Schuppen, achtern in unsen Goorn, mank de Spadens, Harken un Schüffeln för de Goornarbeid.

An' laten Nameddag keem Franz un see, he wull sien Kanink wedderholen. He wuß je, wo dull ik achter'n Kanink her weer.

Wat för'n Kanink? fröög Mudder.

En lüttet swattet, see Franz.

Se hebbt dat denn ok funnen. Ik kreeg en an' Latz, man Franz see, so slimm weer't je nich, he harr je wußt, wo he dat söken schull.

Do see Mudder: Wullt du mi dat verkopen? Denn hett de Jung Roh, un wokeen weet, wat för Tieden wi noch kriegt.

So heff ik dat swatt Kaninken kregen un heff dat groot maakt.

Den enen Dag kreeg Mudder de swatt Oolsch ut ehren Stall un steek ehr in den Korv.

Wo wullt du mit ehr hin? fröög ik.

Dor versteihst du noch nix vun, see se; de Tieden warrt leger.

Ik will mit, see ik un weer bang.

Du bliffst hier, see se, ik kaam mit ehr trüch.

Poor Weken later worr de Swatte dick un kreeg Junge. Süß Stück. Eerstan heff ik dacht, dat weern lütte Rotten, as ik ehr in' Stall leggen seeg. Twee weern doot. De annern hebbt wi aver dörchkregen. As se grötter worrn, hebbt wi för ehr en tweten Kaninkenstall buut. Ik heff em so opstellt, dat de Oolsch un de Jungen sik sehn kunnen.

Överdriev dat man nich, see Mudder, dat sünd Tieren.

Denn weern ok de Lütten groot. Do kreeg Mudder de Swatt Oolsch wedder bi de Nack un steek ehr in den Korv mit den Deckel.

Dormit geihst na Slachter Schulz, see se, töövst un bringst ehr wedder mit trüch. Schulz weet Bescheed.

Ik stunn un kreeg weeke Kneen.

Wat is? see Mudder. Nu gahn man.

Ik bün gahn. Mit den Korv. Heff em Schulz in de Hannen geven. Heff töövt. Heff den Korv wedder nahmen un bün na Huus gahn. Denn keem Mudder, möök den Deckel op un trock dat Kaninken rut, weer allens noch an, de Kopp un de veer Been. Bloots dat Fell, dat weer aftrocken un de Buuk opsneden. Schulz harr dat utnahmen.

Do heff ik spegen.

Aver worüm heff ik den Korv nahmen un bün na Schulz gahn?

Stammdisch

Mien Stammdisch, de steiht, wenn du in den Kroog rinkummst, achtern in de Eck an't Finster. Is en olen Kroog, mit ole Biller an de Wannen un en olen Tresen ut Mahagoni. Blangen den Tresen, links, dor steiht en Ohrenstohl. Dor dörvt sik keeneen rinsetten, de höört unsen Kröger to, dor sitt he binn', wenn he maal Puust bruukt. Un de hett he nödig, denn he hett de Söventig ok al faat. Aver he lett sik nich ut de Roh bringen; hissen, dat mag he nich hebben. Wi weet dat un laat em Tiet. Gelegentli kaamt aver ok anner Lüüd, de düch he en beten langsam. Maal weer dor en Fruu mit ehr Kinner un ehren Mann, de kunn de Tiet nich aftöven, ehrer dat he mit dat Beer un de Bruus keem. Herr Wirt, reep se, wann kommen denn endlich unsere Bestellungen? Do dreih Peter sik ganz ruhig um, keek de Fruu an un see:

Gelegentli, mien Deern, gelegentli.

Do harr he för uns sienen Namen weg: Peter Gelegentli. Aver dat weer keen Ökelnaam, dat weer en Ehrentitel.

Bi Peter Gelegentli heff ik mennigeen Stunn seten, alleen un mit mien Stammdischbröders. Wi hebbt sludert un snackt.

Dor will ik nu vun vertellen.

So, nu sünd wi all ut'n Urlaub trüch, uns Skatrunn is wedder kumplett. Hein Matzen weer in Mallorca, aver bruun is he nich worrn. Nee, see Hein, Bruun, dat is out. Weeßt je: Ozonloch un so'n Kraam. Toveel Sünn, dat is nich goot för de Huut. Blässe ist angesagt, see Hein. Wi hebbt dor all ünner Schirms legen. Na ja, dor mööt wi uns nu wull an gewöhnen.

Peter Timm weer an de Adria. Algenurlaub, see he, aver wat ik mi dor an gewöhn, dat weet ik nich. Wenn dat so wieder geiht mit dat Water, denn landt wi all in't Swimmbad un kiekt vun dor na de See, dat wi ehr tominnst maal sehn doot.

Tscha, un Hermann – Hermann Öhlerich – de weer op de Lofoten.

Wo liggt dat denn? fröög Peter Timm.

Baven in Norwegen. Dat sünd so Inseln, foftig Kilometer weg von de Küst. Noch över den Polarkreis ruut.

Jung, Hermann, seen wi, wat wullst du dor denn?

Tscha, see Hermann, ik wull mi al jümmer maal de Sünn ankieken, wenn se nich ünnergeiht. Un dat deit se dor je den halven Sommer lang nich. Sowat köönt jüm sik nich vörstellen, see Hermann, merrn in de Nacht, Klock Twölv, schient de Sünn! Kannst de Zeitung bi lesen.

Mien leve Mann, see Hein Matzen, nachts will ik slapen un keen Zeitung lesen. Dat langt mi, wenn de Sünn den annern Morrn wedder dor is, nachts mutt dat düster ween, anners krieg ik den Slaap nich faat.

Tscha, see Hermann, aver ik wull je nu jüst maal sehn, woans dat lett, wenn de Welt anners löppt, as en dat wennt is.

Vun de Sünn alleen kannst in' Urlaub je nich leven, see Peter Timm, de kickst du di twee-, dreemaal an, denn büst du dor mit dör. Wat ist denn sunst noch loos, dor baven?

Wo wi weern, see Hermann Öhlerich, dor weer gor nix loos. Wi hebbt en lütt Hütt hatt, an' Fjord, wiet un siet keen anner Minschen. Sotoseggen mudderseelenalleen.

Also sowat worr mi krank maken, see Peter, mudderseelenalleen! Denn lever rin in de Algen un mit anner Lüüd över den Swienkraam schimpen!

Tscha, ik bün vun de Lofoten ok meist krank

worn, see Hermann, aver anners, as du denkst. Büßst du al maal wies worn, woans de Welt sik anhöört, wenn dor keen Minschen mehr sünd? Du kannst den Wind hören, ok wenn he noch so sachen geiht. He lett de Blööd in de Bööm russeln un dat Water um de Steen an't Över pültern un pluddern. Wenn ik an' Morrn ut de Döör keem, denn seet dor jümmer en Kreih op'n Boom, ik kunn hören, wenn se ehren Snavel an de Telgen schüürn dee.

Jung, wegen sowat bruukst du noch nich na de Lofoten fohrn, see Peter Timm, dat kannst hier je doch ok allens hören un sehn!

Dat is wohr, see Hermann, aver hier höör un sehg ik dat nich. Kannst mi maal seggen: warum? Süh maal, wi harrn je keen Radio un Fernseher in de Hütt, do hebbt wi uns wat vertellt un vörlest. As wi na Huus fohrn mussen, do harrn wi noch veerteihn Sieden vun den Roman na. Nun bin ik een Week hier und heff in all de Daag noch keen Siet wiederlest; den Wind heff ik nich höört un de Kreihen nich sehn. Kannst' mi maal vertellen: warum?

Tscha, wat weet ik, warum? see Peter Timm. So ist dat Leven. En mutt dat dör Twee delen, dat en is dat Urlaubsleven, dat annere dat Leven in' Alldag. Dor kannst nix an maken.

Ik weet nich, see Hermann, wenn du di dat beter Leven för den Urlaub reserveerst, denn is dat man en lütt Stück, wat du vun dat beter Leven hest.

Also wat wüllt wi nu, gnurr Hein Matzen, wüllt wi philosopheren, oder wüllt wi Skat spelen?

Na ja, dor weern wi uns enig um, wi wullen Skat spelen. Is ok en feinen Avend worrn. Un ik nehm an, Hermann – noch twee, dree Daag, denn hett he de Lofoten verdaut un is wedder op sienen olen Padd.

Peter Mewes un Conni Hansen de hebbt sik güstern avend, na't Skatspelen, meist dat Hauen kregen. Peter, he is je Autoverköper, Peter harr jüst vertellt, he harr von sien Firma en Incentive-Tour wunnen. Wi annern hebbt gor nich wußt, wat dat is, en Incentive-Tour, aver Conni harr foorts seggt: Dor bill di man nix op in, denn hest je ok en poor vun dien Kollegen an de Kant brocht. Du kummst mi vör as so'n Gladiator bi de olen Römers.

Jungedi, dor gung dat loos, dat Strieden, un so bilüttens kregen wi dat denn ok mit, um wat se sik dor in de Wull kregen. Süh, wat so'n Incentive-Tour is, dat is je Engelsch un heet op Düütsch ›Anreiztour‹ – man ›Anreiztour‹, dat klingt so'n beten groff, sodennig seggt en dat beter op Engelsch – dat mutt en sik so vörstellen: So'n Firma de will ehr Lüüd je op Touren bringen, se schüllt fix wat verkopen, un dorum sett de Firma Priesen ut, se spendeert ehr Lüüd Reisen. Nee, nich na Büsum oder Ruhpolding, sowat dött en sik nich vörstellen, nee, na Amerika, Indien, in' Urwald oder dörch de Wüste: Abenteuer und Bildung.

Aver woans kummt en nu to so'n Reis? Dat is eenfach to. Nehmt wi maal an, de Firma hett teihn Verköpers, denn seggt se: De eersten veer, de mit den gröttsten Umsatz, de kriegt so'n Reis spendeert, sotoseggen as Prämie. Un ehr Fruuns, de kööont se mitnehmen, denn dat is je kloar, wenn de Mann so'n Reis gewinnen will, denn mutt he mennigmaal över Fieravend wat doon, do dörvt de Fruu nich nörgeli warrn, dat weer je geschäftsschädigend, weer dat, wenn se quarkig to Huus sitten dee, dat kunn den Mann op de Maag slagen, un denn geiht sien hele Motivation in de Grütt. Aver wenn se nu weet, se kann neuß op'n Elefanten rieden, denn lett sik dat Töven op den Mann je lichter överstahn. Sotoseggen is dat familienfründli dacht vun de Firma.

Tscha, wenn dor aver nu bloots veer vun teihn mitkööont, denn geiht dat je nu loos: Jeder gegen Jeden. Wat de een nu al öller is, oder de anner nich mehr so dull op'n Posten mit sien Gesundheet, dat speelt keen Rull, Hauptsaak, du büst eerst Mann an de Sprütt.

Süh, un do hett Conni seggt: Dat is je gewaltig, hett he seggt, aver is dat nu ok goot för de Solidarität?

Wat heet Solidarität? hett Peter Mewes em anblafft. Natüürli sünd wi all solidarisch mit uns Firma!

Do wull Conni sik weglachen, un do hett he dat seggt, dat mit de Gladiatoren. Du kummst mi vör, hett he seggt, as een vun de Gladiatoren bi de olen Römers; de mussen je ünnen, in de Arena, een gegen den annern antreden; un wiederleven döss bloots de, de den annern an de Kant broch. Wenn de nu seggt harrn, se weern all solidarisch mit den römischen Kaiser, dat weer denn je wull en drulligen Begriff vun Solidarität ween...

Du hest je en an de Klapp! hett Peter do seggt. Wat versteihst du von modernet Management! Beamter!

Un wenn Peter ›Beamter‹, seggt, denn is dat för em de gröttste Beleidigung, de he sik denken kann.

Na ja, de Avend weer twei. Ik heff neuß to Conni seggt, as wi na Huus gungen: Worum mußt du jümmer so'n Saken seggen, wo en sik dat Strieden um kriegen kann? De Harmonie an' Disch is doch in de Grütt gahn. Peter hett sik to sien Tour freut, dennso köönt wi as sien Skatbröders uns man eenfach mitfreun.

Tscha, hett Conni seggt, ik heff an de verkehrten Bröders dacht. Dat weer en Fehler.

Süh, dat mutt'n Conni laten, wenn he wat verkehrt maakt hett, denn süht he dat ok in.

Dat mußt di marken, see Peter Timm, de anner mutt di dat schriftlich geven. Wenn he dat schall, denn kannst wat beleven! Jüm weet je, see he, ik heff mi annerletzt en niet Auto köfft. Un nu, na 5000 Kilometer, dor fangt dat Ding an un bibbert. Wenn ik de Süßtig op den Tacho faat heff, denn fangt dat an un vibreert. Ik je hin na de Warksteed. Probefahrt.

Tscha, see de Meister, dat is je drullig, vibrieren deit dat. Dat schall dat je nich. Aver dat kriegt wi hin, see he.

Den annern Dag reep he an: Allens in de Reeg.

Denn laat uns man mal fohrn, see ik, as ik bi em ankeem.

Un wat schall ik di seggen, see Peter, dat Ding bibber un vibreer. Nich mehr so dull, aver liekers.

Dat verstah ik nich, see de Meister, eerstan weer he ruhig, un nu is he wedder an't Bibbern.

Jaha, see ik, nu geiht dat mal umgekehrt: Sunst is dat je jümmer so, en bringt dat Auto hin, wiel dat ennerwegens wat klappert oder sunstwat is, un wenn en dat wiesen schall, denn deit de Koor dat nich. Dann kümmt en sik je as so'n Simulant vör. Dit Auto hier, dat is je allerbest, dat deit, wat dat doon schall, dat wiest sien Fehlers!

Na, dat nutz em je nix, he muß dat wedder mitnehmen. He keem dor aver nich mit kloor.

Dor muß en Ingeniör vun't Wark ran, see he.

De keem denn ok. ›Das kriegen wir hin‹, see he, ›dafür sind wir da!‹

Ik will jüm nich op de Folter spannen, see Peter, na twee Daag harrn wi wedder Probefahrt. De Tacho gung op Süßtig: Vibreren. De Ingeniör keek op dat Auto un see bloots: Das ist ja interessant.

Wenn Se mi dat nich öwel nehmen, see ik, dat is groten Schiet!

Ja, aus Ihrer Sicht ist das richtig, see he, aber technisch ist das ein interessanter Fall.

Ik wull egentli kenen interessanten Fall kopen, see ik, ik harr mehr an' Auto dacht. So en to'n fohren; as dat in die Prospekten steiht: komfortabel. Un nu sitt ik hier op so'n Oort Schüttelsieb.

He kreeg dat in de Reeg, see he; un en poor Daag later hebbt se denn ok anropen: Weer allens kloor, de Mann vun't Wark weer ok al afreist, dat weer je doch en goot Teken.

Ik also in't Taxi un hin na de Warksteed.

Nu is he manierlich! see de Meister.

100 Perzent? fröög ik.

Na, seggen wi mal 99 Perzent! lach he. Man dat een Perzent, dor marken Se nix vun.

Dat harr he nich seggen schullt, see Peter Timm. Dat mach ik nich lieden, wenn mi en för dumm verkopen will. Denn wenn du dat een Perzent nich marken deist, denn mussen dat je egentli 100 Perzent ween, dücht mi. Do heff ik seggt, see Peter, un dat hett seten, ik heff seggt: Denn schrieven Se mi dat man op, dat mit de 99 Perzent.

Wo kann ik dat? see he. Dat Auto is je doch so goot as 100 Perzent in de Reeg.

Denn schrieven Se 100 Perzent op, see ik.

He quäl sik: Woto schall ik sowat schrieven?

Wegen de verdeckten Mängel, see ik. Wenn ik dat nu verkopen will, dennso mutt ik den Köper je seggen: Allens in de Reeg, bloots een Perzent, dat is problematisch. Dor steiht aver de Firma för in, de hett seggt: Dit een Perzent, dat markt keeneen.

Oha, lach Peter, he seet op'n Proppen. 99 Perzent wull he nich schrieven un hunnert ok nich.

Also goot, see he, laten Se dat Ding hier. Ik nehm dat trüch. Se kriegen en anner Auto. Dat is en ›Ausreißer‹. Ik sett dorbi to.

Och, see ik, soveel warrt dat wull nich ween. 99 Perzent staht hier je kerngesund för uns. Dat een Perzent, wat dor utbüxt is, dat warrt de Welt nich kosten!

Dat mußt di marken, see Peter, vertellen doot se di veel, man wenn se dat opschrieven schüllt, denn hebbt se nix seggt. Alte Volksweisheit, grien he: Wer schreibt – der bleibt.

Also mit dat Andeelnehmen, dat is ok so'n Saak. Wiß, en freut sik je, wenn de anner fraagt: Ik heff höört, du büst krank. Wo geiht? Hest veel Wehdoog? Ik meen, so'n Andeelnehmen, dat tröööst je. Aver mennigmaal hett dat ok so'n lütten Bigesmack, so as güstern avend, do hebbt wi Korten speelt. Mi gung dat nich goot, ik harr mi an Morrn en Sprütt geven laten, de Hex harr schoten. Un so twintig Minuten na de Sprütt do sack mi miteens dat linke Been weg, keen Geföhl mehr binnen. Nanu? dach ik un reep den Dokter an.

Dat is nich so wild, see he, ik schull mi man keen Sorgen maken, he harr wull den Nerv mit faatkregen, dat worr sik leggen.

Na, un dat vertell ik nu güstern avend; man dat harr ik man lever nich doon schullt.

Dat mit de Sprütt, see Peter Timm, dat nehm mannich op de lichte Schuller. Mit sowat heff ik maal veerteihn Daag anseten. Dat is je en ekelhaftet Geföhl!

Veerteihn Daag, keek Hein Matzen hooch, denn hest du noch Glück hatt. Erich Dohrn, de hett dor meist en halv Johr mit to kriegen hatt.

Also nu höör aver op, see ik, jüm wüllt mi hier doch wull nich krank snacken!

Nee, see Korl Denker, dat wüllt wi natüürli nich. Aver kannst du di noch op den Maler Reimers besinnen?

Maler Reimers? see ik. Ik kenn bloots den doren Reimers bi de Post, de achter den Paketschalter sitt.

Jüst den meen ik, see Korl, de weer maal Maler. Man den is dat gahn as di, he harr en Hexenschuß, leet sik en Sprütt geven, un jüst as bi di, em sack dat Been weg. Kunn keen Ledder un nix mehr so richtig hooch. Am Enn muß he sien Malerie opgeven. Dat Been keem nich wedder. Na ja, he hett Glück hatt, Umschulung, nu is he bi de Post.

Korl, gnurr ik, worum vertellst du mit dat?

Ah, nu warr man nich argerli, see he, dat is je man bloots, dat wi dor maal över snacken doot. Un Umschulung, lach he, dat hest du je nich nöödig, as Lehrer kannst de Kinner ok in Sitten wat bibringen.

Mitleed ist dat jüst nich, see ik, wat jüm hier wiesen doot, denn worr ik ju nämlich duurn, man dor mark ik nix vun.

Un denn neih ik mien eerst Kort so füünsch op den Disch, dat baller man so.

Jungedi, lach Korl Denker, wenn dat mit dien Been ok wat mager utsüht, aver in de Arms, dor hest je noch gewaltig Knööv binnen! So, un nu wüllt wi dor nich länger um snacken, nu warrt speelt!

Tscha, mit dat Andeelnehmen, dat is so'n Saak. Mennigmaal stickt dor doch so'n lütt beten dat Geföhl mit achter: Man goot, mi hett dat nich drapen. Un wenn en sowat ruthören deit, denn weer't beter ween, de anner harr gor nix seggt. Aver so is de Minsch. Nix kann em vergnögter maken, as wenn em dat beter geiht as den annern. Un dat mutt he em wiesen.

Güstern avend weern wi bi Hein un Thea un hebbt ehr Dias ankeken; Hein un Thea weern je fiev Weken in Amerika. Also ik will di wat seggen: 300 Dias, sowat is en Strapaze för mi. Dreehunnert! Dat reek di maal ut: Een Dia plus Kommentar vun Hein dat sünd tominnst dörtig Sekunnen. 30 Sekunnen maal dreehunnert dat sünd 9000 Sekunnen: twee un en halve Stunn! Tweeunenhalv Stunnen: Hein un Thea för dat Empire-State-Building; Hein un Thea in de Rocky Mountains; Thea Arm in Arm mit Mickymouse; Thea hett en Steen in' Schooh; Hein ritt op en Pony; he mit sien twee Zentner, weer ›mildtätiger‹ ween, he harr dat Pony op de Nack nahmen.

Aver de Minsch mutt sik to hölpen weten, dat gifft so dree, veer Methoden, dor kannst so'n Avend mit överstahn. Dat eerst is, du dörfst nienich fragen: Wat is dat dor op dat Bild? Oder: Wat maakt jüm dor jüst? Bi so'n Oort Frogen fangt de Dia-Minsch foorts dat Vertellen an un seggt: Also dat weer so un so. Man denn seggt sien Fruu: Nee, so weer dat nich, dat weer doch so un so. Kott und goot, so'n Frogen, de bringt licht 45 Minuten Verlängerung.

Du kannst natüürli aver ok nich bloots kieken un gor nix seggen, dat höört sik nich, en Kommentar mußt du je geven. Un dor gifft dat nu so Kommentare, de sünd sotoseggen ›zeitneutral‹. Du seggst eenfach: Ah, wat ist dat schöön! Oder: Oh nee, wat sünd dat för herrliche Farven! Oder wenn he sik wat inbillen deit op sien Fotografeerkunst, denn seggst du: Also den Blickwinkel, den du funnen hest, den Utschnitt un denn dat Gegenlicht dorto: professionell! Ganz gelegentli kannst du ok maal direktemang seggen: Nu man wieder, ik kann dat neegste Bild al gor nich mehr aftöven, so interessant is dat!

Aver liekers büst du je jümmer noch an't Kieken, un dat is je dat egentli Lästige an so'n Avend: dat sture Kieken op Biller, mit de du nix to kriegen hest, denn wat schallst du di dor veel an denken, wenn Thea för dat Capitol in Washington steiht oder en Steen in' Schooh hett. Dor hölpt nu nix anners, du kickst so even un even, aver stuur, an de Leinwand vörbi in't Düstere. Nu kannst dien egen Gedanken nagahn. Hest den annern Morrn en wichtigen Termin, denn kannst di nu vörbereiten. Du dörfst bloots nich vergeten, af un to mußt du seggen: Ah, wat för Farven! Denn kannst wedder an dien Arbeid gahn.

Wenn du aver mit düsse Method nich klor kummst, denn hölpt bloots noch autogenes Training, dor kannst mit waken Ogen slapen. Du mußt di jümmer so Snacks vörseggen: Ich bin ganz ruhig. Meine Arme und Beine sind müde und schwer. Mein Oberbauch ist weich und warm. Du dörvst natüürli nich an Thea ehren Oberbauch denken, denn warrst foorts wedder waak. Bi dat autogene Training sall en bloots an wat Positivet denken, so na dat Motto: Ich liebe Hein und Thea ihre Dias, ich liebe sie alle dreihundert. Ich kann da gar nicht genug von kriegen.

Nu mutt ik allerdings togeven: all düsse Methoden, de hölpt mi bloots, wenn ik annerwegens inlaadt bün to Dias kieken; wenn ik mien egen Dias wiesen do, dat is drullig, denn kiek ik nich op de Klock un kann dor würkli nich genog vun kriegen. Ohauohauoha.

Wat hett de ool Friech Schiller seggt: Drum prüfe, wer sich ewig bindet, ob sich das Herz zum Herzen findet? Dor is je wat an, aver en kann sik natüürli ok dootprüfen, so as Peter Riech dat meist gahn weer, de harr de Veerdig al faat un weer dor jümmer noch mit togangen mit dat Prüfen, denn bitherto harr he all Fruuns wedder susen laten, wenn't op't Standesamt togahn schull.

Jung, Peter, hebbt wi denn jümmer seggt, wo liggt dat bloots an, dat du mit de Fruuns nich kloor kummst?

Ik weet dat ok nich, anter he un keek uns bedröövt an, aver se maakt mi kribbelig, wenn se den helen, langen Dag um mi rumtütert.

Tscha, süfzen wi, du büst en Problemfall, Peter.

Man nu hett he dat Problem löööst, nu weet he, wo dat an legen hett mit em un de Fruuns. Vergangen Week keem he mit en lütt Book an. Hier steiht dat binnen, see he, worum dat bi mi bitherto allens verkehrt lopen is. Allerbest Book, see he un lees uns den Titel vör: Wer paßt zu wem? Die richtige Partnerwahl.

Nu weet ik dat, see he, dat gifft twee Oorten vun Minschen, wat de Partnerschop anlangen deit: den Snüffeltyp un den Lichtungstyp!

Wat för Typen, see Hans Thomsen, Snüffel- un Lichtungstyp?

Laat di dat verkloren, see Peter. Wat de Snüffeltyp is, de is nich glücklich, wenn he den annern nich jümmerto um sik rum hett un an em snüffeln kann. Süh, un jüst dat, dat kann de Lichtungstyp nich af, de mutt en groten frien Platz um sik hebben, wo he alleen is, sotoseggen op en Lichtung. Weet jüm nu, wo dat an legen hett? Ik bün en Lichtungstyp un heff jümmer dat Malöör hatt un heff en Snüffelfruu faatkregen. Dorum hett mi dat ok so kribbelig maakt.

Dunnerwetter, see Hans Thomsen, wenn ik dat so höör, denn heff ik meistto dat Geföhl, ik bün ok en Lichtungstyp. Wenn ik nich jeedeen Morrn op't Amt gahn un eerst an Avend wedder an't Huus kamen kunn, denn harr ik womööglich de Sülvern Hochtied mit mien Frieda gor nich faatkregen, denn mi dücht, se is en Snüffeltyp, to Huus lett se mi keen Roh. Aver du sühst je, Peter, lach he, wenn en dor sporsaam mit umgeiht, mit de Fruu, denn höllt dat ok lang vör.

Tscha, Peter, seen wi do, denn seh du man to, dat

du en Lichtungstyp finnen deist, anners warrt dat je nix.

Süh, un he hett em ok funnen, en ganze nette Fruu, en Weetfruu. Se hett ehr Geschäft foftig Kilometer wieder lang, opgeven will un kann se dat nich, un he hett hier sien Arbeid, dor kann he ok nich vun weg. So sitt jedereen sotoseggen op sien Lichtung, man denn an' Friedag, wenn se de Arbeid achter sik hebbt, denn kriegt se Snüffelluun, denn fohrt he to ehr oder se to em. Un wenn't Maandag is, denn warkelt se wedder vergnöögt op ehr egen Lichtung rum.

Wo heet dat so schöön in de Bibel, 1. Thessaloniker 5,21: Prüfet alles und behaltet das Beste! Dat hebbt se denn ok doon, de beiden, se hebbt heiraadt, vun Lichtung to Lichtung.

Wenn du düt Johr wedder duhn an't Huus kummst, see Martha Johnsen to ehren Mann Willem, denn kenn ik di nich mehr. So as vergangen Johr will ik mi nich nochmaal schamen, do hest dien egen Huusdöör nich kennt un hest bi de Navers bimmelt.

Nu maak dat nich so dull, gnarr Willem un trock sienen swatten Antoch an, vunavend geiht dat manierli to.

Ah, wat schull dat wull! see Martha. Jahresempfang bi'n Standortkummandaten! Un dat mit Gröönkohleten. Allens Mannslüüd! Kann ik mi je nu al vörstellen, wo dat op rutlöppt!

Ik kann't nich ännern, gnurr Willem, ik höör nu maal to de Honoratioren, ik mutt dor hin. Dat hööt to mien Plichen.

Dat hööt aver nich to dien Plichen, see Martha un lang em sienen Slips röver, dat du di so en antüterst un tüffelst neuß verbiestert dörch de Straten un kannst dien Huus nich finnen.

Mudder, see Wilhelm un knütt sik den sülvern Slips, maak mi nich argerli. Wenn dor en Toast anseggt warrt op uns Soldaten, denn kann ik dat Glas nich stahn laten.

Dat kennt wi je, see Martha, denn kümmt de Toast op de Stadt, dat Glas kannst ok nich stahn laten. Denn kummt de Gröönkohl, dor hööt en Glas vörweg, en in de Mitt un en achterna. De kannst ok all nich stahn laten – dat sünd al fiev!

Tscha, Mudder, so is dat Leven. Hard, aver gerecht.

Martha leet nich na. Denn geiht dat doch eerst richtig loos, see se, Verbrüderung mit den Kummandanten...

Dat Glas kannst strieken, see Wilhelm, de dore Verbrüderung, de hebbt wi al vergangen Johr achter uns brocht. So, un nu mutt ik loos, see he un kreeg sik sienen Mantel her.

Is je en Schann, see Martha noch, wenn de halve Stadtraat nachts besopen dörch de Straten klebastert. Man do weer Willem al op'n Padd.

Süh, un wat nu den Kummandanten anlang, de mutt je wull meist so dacht hebben as Martha, vun wegen den Indruck, wenn nachts de halve Stadtraat... De harr sik ganz wat Feinet utdacht: All sien' Gäst kregen an' Ingang en stieve Kort mit en Klemm an, de schullen se sik an't Revers vun't Jakett fastmaken. Un op de Kort dor stunn de Naam vun den Gast. Aver ünner sien Naam weer ok noch sien Adress to lesen, wo he wohnen dee. Un dat, so see de Kummandant denn in sien Reed, dat harr sien Bewandtnis: Wenn Sie in Sorge geraten sollten, see he, daß Sie nicht mehr fahrtüchtig sein könnten, dann steht unsere Fahrbereitschaft zur Verfügung. Wir fahren Sie nach Haus.

Jungedi, lach Willem, dat is je en patenten Infall, denn wenn dor würkli ener maal in sien Glas versupen schull un kennt am Enn sienen Herrgott nich mehr, denn kannst ok nich verlangen ween, dat he weet, wo he wohnen deit. Sodennig ist dat je sowat as en Rundumservice.

Tscha, aver för unsen Willem weer dat leider ok so'n Oart Friefohrschien, un nich bloots för em. Dree Stunnen later kreeg de Fahrbereitschaft Arbeid. Un denn harrn se ok Willem faat. Se drogen em, mehr as dat he lopen dee, na den Jeep un brochen em na Huus. Aver dor harrn se nich mit Martha rekent.

As de beiden jungen Suldaten mit Willem för de Döör stunnen un bimmeln, do möök Martha op.

Was wollen Sie? see se. Merrn in de Nacht?

Wi wullen Ehren Mann na Huus bringen.

Mienen Mann? see Martha un keek Willem an, dat is nich mien Mann, den kenn ik nich.

Hier op de Kort steiht aver düsse Adress, seen de beiden verwunnert.

Dat mag ween, ik kenn em aver liekers nich, dor mutt sik en versehn hebben. Un nu stören Se uns nich länger, wat mien Mann is, dat is en anstännigen Mann, de liggt al lang in de Puuch, un wi sünd an't Slapen.

Do keek Willem hooch un stier Martha ut lütte rode Ogen an: Keen liggt bi di in de Puuch? lall he.

Mien Mann! Un di Suupjökel kenn ik nich, see se un baller em de Döör vör de Nees to.

Tscha, nu holp dat je nix, de beiden jungen Lüüd mussen mit Willem wedder na de Kasern trüch. Nu wussen se je nich, wohin mit em, un dor hebbt se em in en lerrige Stuuv packt, un dor is he denn ok foorts wegsackt un inslapen. Den annern Morrn keek he verbaast ut dat Bett.

Wo bün ik hier? staun he.

Tscha, mien leve Herr, grien do en vun de olen Suldaten, de Adress op Se Ehr Kort, de stimm leider nich.

De Adress, see Willem un puul den Zeddel vun sien Jakett af, de stimm nich? Man denn see he miteens: Tscha, de is je ok würkli op un daal verkehrt. Sülm de Naam stimmt nich!

Süh, un dat hett Martha em hooch anrekent, as he neuß na Huus keem. Sien natt Johr hett he je kregen, dor keem he nich um rum, man denn see se doch: Dat mit den verkehrten Zeddel, dat will ik di danken. Dennso büst du güstern avend sotoseggen anonym versapen. Dat schoont mi je.

Dat schull dat je ok, mien Martha, see Willem un keek ehr ut lammfromme Ogen an; man denn grien he un see: Du seest güstern, soveel heff ik je noch mitkregen, dien Mann leeg al bi di in de Puuch. Wokeen ist dat denn ween?

Dat muchst wull weten, see Martha, man ik will di wat seggen, mien Willem, hard, aver gerecht: Ok dat blifft anonym.

Mennigmaal heet dat vun Geschichten: Personen und Handlung sind frei erfunden. Dat kann ik vun düss Geschicht, de ik nu vertellen will, leider nich seggen, liekers ik ehr opleevst nich glöven worr.

Dat weer güstern avend, ik seet in mien Stammlokal, un as ik bi mienen olen Ober wat bestell, do see ik: Hier ist je bannig wat loos. Sünd Se ganz alleen? Wo is denn Frollein Else?

Un do anter her: Frollein Else? De liggt in't Krankenhuus.

Nanu? froog ik. Wat hett se denn?

De hett en Unfall hatt. Hett sik beide Hannen broken. De kummt nich wedder.

Woans hett se dat denn maakt? see ik. Un woso kummt se nich wedder?

Do fung he je an un vertell. Se harr mit ehren Fründ to Danz wullt, de harr ehr afhoolt, mit' Auto, un denn weern se je loossuust. Nu weer dat aver nevelig ween un koolt, so um null Graad, do sünd se wull to gau fohrt oder över'n glatte Steed rutscht, op jeden Fall weern se vun de Straat afkamen un in de Gröövsuust. Em weer nix passeert, aver se harr beide Hannen broken, man nich bloots eenmaal, nee, dree-, veermaal. Un so as dat nu utsüht warrt se mit de Hannen nix mehr dregen könen.

Tabletts mit Eten, Beer, Geschirr, dat warrt nix

mehr. Se mutt sik en anner Arbeid söken, see de Ober, wo se de Hannen nich so nödig to hett. Aver dat is je nich dat Leegste.

Dat is doch al leeg noog, see ik.

Nee, see he, dat Leegste is de Geschicht mit den jungen Mann, denn nu keem de Kraam je vör't Gericht. He harr de Schuld an den Unfall, dat muß je nu faststellt warrn för de Versekerung un wat dor noch allens an bummelt. Un do besoch he de Deern maal in't Krankenhuus un see: Dor heff ik noch lang Arger vun, vun den doren Unfall, werst do dootgahn, worr ik dor gauer von afkamen. Na ja, do hett se em rutsmeten.

Mein Himmel, see ik, wo kann he sowat seggen? Dat kann he je doch wull nich so meent hebben?

Tscha, süüfz de Ober, ik bill mi jümmer in: Wat en seggt, dat hett en ok dacht.

Ah nee, wo kann en sowat denken! see ik. Dat is doch unnatüürli.

Mag ween, am Enn warrt he dat nich so meent hebben, see mien Ober, aver wiet weg vun' Schuß liggt he nich mit sien Gedanken. Gellt vundaag nich blots dat, wat Kass maken deit? Keen nix mehr bringt, de döggt ok nix mehr. Un se? Se bringt em je bloots Arger.

Tscha, so see he dat, mien Ober. Un wat en olen Ober is, dat sünd kloke Lüüd, mit de Minschen kennt se sik ut, se hebbt dor en Blick för. Na ja, he harr en Barg to doon, un wi sünd dor denn ok nich mehr op to snacken kamen, liekers geiht mi sien Geschicht nich ut'n Kopp. Wat see mien olen Latinlehrer jümmer? Quod erat demonstrandum. Was zu beweisen war. De wohren Geschichten, dat sünd de slimmsten.

Ik bün vonmorrn jümmer noch en beten verdretli, un dor hett Korl Denker Schuld an, Korl mit sienen Zeddel un den ›Lebensstrich‹.

Wi seten güstern avend to Skatspelen in' Kroog, as wi dat letzt Speel achter uns harrn, do see Korl opmaal:

So, see he, nu will ik ju noch maal wat wiesen. Un denn reep he den Kröger:

Lang mi maal fiev Zeddels un fiev Bliestiften her!

He geev jeden vun uns 'n Zeddel un en Bliestift un see: Nu nehmt jüm den Zeddel un maalt dor en Streek op. So bummeli foffteihn Zentimeter. Dat langt. Un nu schrievt jüm links, wo de Streek anfangt, dor schrievt jüm nu hin ›Geburt‹.

Hebbt jüm dat? Un rechts, wo he to Enn ist, dor schrifft jeder ›Dood‹.

Wat schall dat denn? see Hermann Öhlerich.

Ja, ja, tööv man af! Nu kummt dat Allerwichtigste. Nu maakt jedereen vun ju dor en Krüüz op den Streek, wo he annehmen deit, dor is he nu anlangt in sien Leven, so oolt is he.

Denn maal ik hier en Krüüz, ganz links, lach Peter Timm, ik föhl mi jung!

Nee, see Korl, dor geiht dat nich na, na dien Geföhl, du schallst dat Krüüz dor malen, wo du annimmst, dor büst du anlangt. Wat links vun dat Krüüz liggt, dat hest du al achter di, un wat rechts liggt, dat hest noch na.

Jungedi, see Hermann, denn bün ik al aasig wiet rechts, dücht mi. Denn mutt ik dat wull hier hinsetten, denn liegt al twee Drüttel achter mi.

Wo hest du nu so'n Schiet her? fröög Hein Matzen.

Dat heff ik in en Book funnen, see Korl, ›Wie gehe ich mit meiner Zeit um?‹

Ah, Jung, repen wi do, denn is dor je ok en anner Tiet mit meent! De Terminkalenner! Aver doch nich düsse Tiet!

Doch, see Korl, dat Enn vun den Streek, dat is ok en Termin. Aver nu man wieder, wi sünd noch nich an't Enn.

Nu hool aver op mit dien Lesefrüchten! reep Peter Timm. Dat kummt dor nu vun ruut, vun't Lesen.

Wat schüllt wi denn nu noch? fröög Hermann.

Nu schrievt jüm op: ›Was ich noch vorhabe‹.

Un denn schrifft jedereen allens op, wat he noch geern in't Leven maken will. Un denn sühst neuß maal to, wat du dat noch allens in dat Stück rinkriggst, wat dor noch na is vun dien Leven, rechts vun dat Krüüz.

Ik maak ganz wat anners, lach Peter, hier, achter dat Krüüz, wo de Dood is, dor verlänger ik den Streek un schriev ›Wiedergeburt‹. Denn bün ik fein ruut!

Du un Wiedergeburt, grien Hein Matzen, denn kummst du as Suupjökel wedder.

Dat is mi eendoon, as wat ik kaam, de Hauptsaak, ik kaam. So, un nu smiet de Papieren weg, ik geev noch en Runn ut. Wat hest du seggt? Wie gehe ich mit meiner Zeit um? Ik schall bilüttens na Huus, anns warrt mien Madame grandessig. Aver soveel Tiet hebbt wi noch. Kröger, en Runn! Un schenk di sülm ok en in.

Na ja, de hebbt wi denn ok noch drunken, denn sünd wi na Huus. Mien Fruu weer al to Klapp. Ik kreeg mi noch en Beer ut dat Köhlschapp un heff mi doch tatsächli en Zeddel un en Bliestift haalt un heff den Streek mit dat Krüüz maalt.

Junge, Junge, Junge, ik will di wat seggen, de Platz, wo ik dat hinmaalt heff, de gefull mi nich. Wat see uns Mudder jümmer? Dat maakt wi tokamen Johr, nu hebbt wi dor keen Tiet to? Un denn weer se op maal doot. Se hett wiß dacht, de Streek, de weer noch recht wat länger.

Tscha, Korl Denker mit sienen Zeddel, de geiht mi hüüt morrn noch dörch'n Kopp. Schall en dor nu verdretli över ween, oder schüllt wi dat doch maal so richtig toenn spelen, mien Fruu un ik? ›Was haben wir noch vor?‹ Un langt de Tiet dorför? ›Prioritätenliste‹ hett Korl seggt. Prioritätenliste – dat is ok so'n Woort, dat hööort to sien' Lesefrüchten. Op Düütsch heet dat: Wat schall bavenan stahn in dat Leven? Un wat kümmt denn, un denn, un denn...?

Dat letzt Enn

Wenn en dat Leven lang sien Arbeid doon hett un schall nu in Rente gahn, denn mutt dor en ›Verabschiedung‹ her, un denn mutt ok reedt waarn. Över sien Verdensten. Dat hóört dor to. Un wenn he recht wat vörstellt hett, denn kriggt he dat glieks fiev- oder süßmaal to hören, wat för'n feine Minsch he ween is. So'n Oort Verabschiedung, de heff ik güstern mitmaakt, un dor heff ik en Reed hóört, so'n heff ik lang nich to hören kregen, dor kann ik hüüt noch över nadenken. Fiev Mann harrn al snackt, do keem de süßte, de snack op Platt, un de fung so an:

Mien leve Hinnerk, see he, do mi enen Gefallen un glööv dat nich allens, wat se di hier vertellt. Wat hebbt se di seggt: Alles, was Du erreichen konntest, hast Du erreicht? Also nu beed ik di, Hinnerk, denn hest du för den Rest vun dien Leven je nix mehr totoleggen. Dennso büst du nu an't Enn, un dat weer je schaad, dat worr ik di nich wünschen. Un wat hett de Anner seggt: Er hinterläßt eine Lücke, die nicht zu füllen sein wird? Hinnerk, dat mit de Lücke, dor is dat nich wiet mit her, de is mennigmaal lütt, düsse Lücke, un in Nullkommanix is nix mehr vun ehr to sehn. Unersetzlich? Nee, mien Jung, sowat gifft dat nich, wenn dat um de Arbeid geiht. Un dat is ok goot so, anners keemst du je ut de Sorgen um dien ole Firma nich ruut, denn de worr je in de Grütt gahn, wenn du würkli ›unersetzlich‹ weerst. Se geiht aver nich in de Grütt, dien Nafolger steiht al paraat, du hest em je sülm inarbeidt. Nee, mien Jung, du geihst in de Grütt, wenn du dat glöven worrst, denn dat worr di je gewaltig piern, wenn du sühst, dat löppt ok ohn di wieder. Un verlaat di dorto, dat deit dat. Dat wull ik di man seggen, denn dat schall di nich so gahn as mennigeen olen Chef, de för sienen Nafolger bloots twee Sätz överhett: De Mann kann nix. He maakt allens twei, wat ik opbuut heff.

Wat hebbt de Lüüd lacht, as de Redner düt see. Ik weet bloots nich, worum? He hett je doch de Wohrheit seggt; wat gifft dat dor to lachen? Un denn hebbt se neuß nochmaal för dull klatscht, as he an't Enn keem.

Do see he: So, un nu will ik di noch um wat beden. Wenn du nu Rentner büst, un wenn denn en kummt un fraagt: ›Wo geiht di dat?‹ denn fang jo nich an un segg: Oha, mehr to doon as tovör! Ik weet gor nich, wo ik de Tiet herkriegen schall, soveel Terminen heff ik! Süh, denn mutt en je glöven, du büst tovör en fulen Hund ween, Hinnerk, de nix to doon hatt hett. Aver achter so'n Snack stickt mennigmaal nix anners as de Angst för dat Nix, för dat grote, swatte Lock ›Ruhestand‹. Wat seggt uns ool Fründ Korl Denker jümmer:

Muß maal stahn blieven, denn sühst mehr. Sodra as du steihst, markst eerst, wo dull de annern all an't Jagen un Jachtern sünd. Hinnerk, dat Jachtern un Schesen, dat hest nich mehr nödig. Nu gönn di dat Langsamlopen un Kieken. Dor is noch veel, wat du nich sehn hest un noch nich kennen deist. Wees dor man neeschierig op.

Süh, do hebbt se all wedder för dull klatscht. An dullsten aver hebbt de klatscht, de al Rentner weern, ik kenn ehr je all... Mag ween, se weern bang för dat Stahnblieven, Langsamlopen un Kieken. Tscha, de Mensch kann för sien Bangen weglopen, he kann dor överhinlachen un kann dat wegklatschen. Weer en heel interessante Verabschiedung. Kann en noch lang över nadenken.

Bi uns in't Huus hett dat Larm un Striet geven wegen de ool Fruu in' fofften Stock, de hett dor mit anfungen hatt un hett de Möven jeden Nameddag Broot op de Balkonbrüstung leggt. Wi wohnt je neeg an't Water. Un nu kemen se elkeen Dag, denn so'n Mööv, de weet dat je nipp un nau, wo se wat kriegen deit. Eerstan weern dat man twee, de seten dor op den Rasen vör't Huus un schregen. Knapp dat de Fruu ehr höört hett, keem se op den Balkon, un denn gung dat Fuddern je loos. Se smeet de Brotstücken in de Luft, un de Möven fungen dat in't Flegen op. Mennigmaal hett se ok den Arm wiet över de Balkonbrüstung reckt un hett dat Broot mank Dumen un Wiesfinger fastholen, dor hebbt de Möven dat denn rutpickt. So gung dat Dag för Dag. Man wat de Möven sünd, de hebbt dor je wull vun vertellt hatt, dat worrn jümmer mehr, am Enn weer't en ganzen Swarm, un de Larm worr jümmer grötter.

Do hebbt de Lüüd in't Huus seggt, so gung dat nich un hebbt de Huusordnung herkregen. Dor stunn dat je binnen: Möven füttern verboten. Un all de Grünnen dorför: Wegen den Larm, wegen den Schiet, un wat de Möven sülm angung, för de weer dat ok nich goot. Mennigeen Broot worr in' Buuk von de Mööv opswellen un ehr Pien maken.

Se hebbt ehr dat seggt, man se hett dor nich op acht. Denn hett de Huusverwaltung ehr schreven, man dat hett ok nix holpen. Man den enen Dag, as dat buten wedder maal so'n Spektakel weer, do is mien Naver hooch na ehr un hett bimmelt. Do harr se vör em stahn mit de Plastiktüüt in de Hannen, dor weer dat Broot je binnen. In Flagranti, hett he neuß vertellt, harr he ehr faatkregen. Worum se dat deit, hett he ehr fraagt. Un se hett seggt, se kreeg sunst keen' Besöök, un eenmaal an' Dag Besöök hebben, dor worr se sik to freun.

Tscha, wat schall en dorto seggen, sitt dor baven in ehr Stuuv in fofften Stock un hett eenmaal an' Dag Besöök – vun Möven. Liekers hebbt se ehr draut, se schull dat nu nalaten, anners worr dat Arger geven. Wenn se sik nich an de Huusordnung holen wull, denn muß se uttrecken. Süh, do hett se dat ok nalaten, se wull dor je wahnen blieven.

De Möven hebbt dat lang nich begrepen; twee vun ehr, dat weern je wull de, de ok de eersten ween weern, de sünd noch lang kamen. Sünd op ehren Balkon toflogen, hebbt kriescht, man se hebbt je nix kregen. Denn hebbt se sik op den Grasplatz vör't Huus sett un hebbt dibbert, mit so'n langen Toon hebbt se jammert. Man de Fruu hett ehr nix mehr geven. Do sünd am Enn ok düsse twee Möven wegbleven. Nu is wedder Roh in't Huus.

Mennigmaal kennt en den Ökelnaam vun de Lüüd beter as ehr'n richtigen Naam. So as August Ballermanloos, an de Eck vun de Willemstraat, de hett egens August Lehmann heten, aver he weer en groten Bullerballer, paß em wat nich, foorts baller he loos; so hebbt de Lüüd em Ballermannloos nöömt. Oder Korl mit den warmen Toon, een vun de beiden Malers in uns lütt Stadt, sien richtige Naam ist Korl Ehlers ween, aver Korl much de witte Farv nich lieden. Wenn dor en sien Tapeet ›Rauhfaser weiß‹ hebben wull, denn see Korl: Ik beed di! Witt? Schier Witt? Dor warrt en je freren bi! Nee, dor misch ik en warmen Toon mit ünner. So hett he sien' Naam weg hatt. De anner, Hans Timm, de hett bloots Hans mit de Kunst heten, he weer de Maler för de betern Lüüd. Wenn bi em en 'n Tapeet bestell, denn see he: So eenfach ist dat nich, eerstan mutt ik sehn, wat för Farven in de Stuuv sünd, vun den Teppich, de Möbels un de Gardienen, dat mutt je ok allens harmoneren, so'n Tapeet, de mutt en mit Kunstverstand utsöken.

Mennigmaal stickt aver achtern'n Ökelnaam de hele Geschicht vun' Minschen, so as bi Peter Dubberke. De hett, so lang as ik em kennt heff, ›Peter Konjunktiv‹ heten. Den Naam hett he al in de School kregen. Wenn wi uns Heften mit en Diktat oder Opsatz trüchkregen un he harr en Fiev schreven, denn see he jümmer: Hätte ich einen Fehler weniger gemacht, hätte ich eine Vier bekommen. Un as he backenbleven weer, süüfz he: Hätte ich eine Fünf weniger gehabt, wäre ich nicht sitzengeblieben. Do see Korl Jehannsen, wat unsen Lehrer weer: Mien lütten Peter, du büst di so'n richtigen Peter Konjunktiv: Hätte ich, würde ich, wäre ich.

Süh, do hett Peter Dubberke sien' Ökelnaam weg hatt: Peter Konjunktiv. Un bi den Naam is dat sien Leven lang bleven. Mit den Konjunktiv, dor hett he dat jümmer mit hatt. As he ut de School keem, do wuß he nich, wat he nu lever bi de Spoorkass oder bi Koopmann Schuldt lehrn schull.

Wat maak ik bloots, see he jümmer, wenn sik rutstellen dee, ik heff verkehrt wählt. Am Enn see sien Vadder: Wenn du nich weeßt, wat du wullt, denn fangst nu bi Hans Stöfer an und warrst Versekerungskoopmann.

So is dat denn ok kamen. Sien' Ökelnaam is he nu aver eerst recht nich mehr looswornn. Nu muß he je Versekerungen verkopen, un do gung he, sotoseggen vun Berufs wegen, mit den Konjunktiv op de Lüüd daal: Wenn jetzt ein Gewitter käme, und der Blitz schlüge ein, und Sie hätten keine Versicherung, was wäre wohl dann? Eine Katastrophe wäre das! Op dit Rebeet kun he meistto vun sien' Konjunktiv leven.

Man as he heiraden wull, do stunn em de dore Konjunktiv wedder in de Weg; he kunn nich mit sik eenig warrn, wat he dat schull oder nich. Ernst, see he to sien’ besten Fründ, Ernst, nehm maal an, ik wörr heiraden un neuß schull sik ruutstellen, se is nich de Richtige ween, wat denn?

Denn laat de Finger dorvun, see Ernst Reese, wenn du nu al moden büst, se is de Verkehrte.

Ik heff nich seggt, se is de Verkehrte, see Peter, se kunn dat aver je ween.

Ik will di wat seggen, see Ernst Reese, mit de Fruuns is dat as mit dat Geld: Keen jümmerloos spoort, hett keen Penn op de Hand, un keen jümmer noch en betere Fruu söcht, liggt am Enn alleen in de Puuch.

Ok dat is so kamen, Peter hett all sien Daag alleen leevt. An’ letzten Dag vun sien Leven, do stunn he an de Ampel un gung bi Root över de Straat. Do hett em ener so dull anfohrt, dor is he an dootbleven. In’t Krankenhuus hett he de Polizei noch seggt, he weer dor sülm Schuld an ween, see he; ik heff dacht, de Ampel weer Gröön. So is Peter Dubberke am Enn ok noch an’ Konjunktiv storven – sotoseggen.

Kummst eerst in’ Snack, see Herman Boie jümmer, denn kannst lang strampeln, ehrer du dor wedder vun af büst, denn vun Snack kummt Snack, un wat de Mensch is, de is en Snackfatt, nix mag he lever as Snackkraam. Nu kann en aver je op twee Oorten in’

Snack kamen. En hett süm Schuld an den Snack, oder de Lüüd griept sik wat ut de Luft un hangt en dat an. Hermann Boie keem op de eerst Oort in' Snack un Willy Sievers op de tweet Oort.

Hermann weer Kröger un bavento sien besten Gast. De Lüüd repen em bloots noch Hermann Sluck. Dat much he nich hören, dor kunn he wild över warrn. Am Enn weer he so'n Suupjack, do muß he weg: Entziehung.

As he wedderkeem, do weer he dorvun af. Wenn se nu in sienen Kroog seten un repen ›Proost, Hermann!‹ denn wullen se sik weglachen, wenn he mit en leddig Glas in de Hand see: ›Proost! Ik sluck dröög daal!‹ Dat hett nich lang duurt, do hett he Hermann Dröög heten, un den Namen is he ok nich wedder loos worrn. Dat hett em fix piert. Aver he hett dor natüürli sülm Schuld an hatt, dat he so in' Snack kamen is.

Willy Sievers is dat anners gahn. De weer al an de söventig Johr oolt un harr sik nie wat to Schulden kamen laten. För fiev Johr bleev sien Fruu doot, un siet de Tiet hett he jümmer Bang hatt, he kunn nu, wo he alleen in't Huus seet, oolt un möör warrn un kunn sik am Enn nich mehr hölpen. Sien Kinner wahnen je wiet weg, he wull ehr ok nich to Last fallen, un in dat Altersheim, in de Stadt, dor wull he nich hin. Ik will in mien egen veer Wannen starven, see he jümmer, man wat maak ik bloots, wenn merrn in de Nacht, wenn mi dor wat tostött? Dat markt je keeneen. Dat hett em wull so tosett, do hett he anfungen un hett de Annoncen in de Zeitung leest: Bekanntschaften, Heiratsanzeigen. Un so hett he ok en Fruu funnen, de weer meist 25 Johr jünger as he. Dat hett de Lüdd je bannig op Touren brocht.

Wat schall sowat? hebbt se seggt. Se 45, he 70, dat kann je miendaag nich goot gahn! Wat he sik nich schamen deit, sien egen Dochter is jüst so oolt as de niege Fruu. Sowat is doch schenant. He hett sik dor aver nich um scheert un hett ehr heiraadt. Dat halve Dörp hett he inlaadt hatt, un kamen sünd se all, de dore Fruu, de wullen se je doch ut de Neegte sehn.

Süh, un nu den annern Morrn, na de Hochtied, do hett Willy Sievers in't Bett legen un weer doot. Wat en dat nu glööv oder nich, aver so weer dat. Kannst di je wull vörstellen, wat de Lüüd do dat Snacken anfungen. In de Hochtiedsnacht – und denn dootblieven?

Dat much ik je to geern weten, see Peter Ibs, wat in de dore Nacht passeert is. Vun alleen blifft de Mensch je doch nich doot.

Un so hebbt se dat Spikeleren anfungen un sünd ut dat Grienen, Pruuschen, Hucheln, Gackeln und Gnucksen nicht rutkamen. Keeneen hett seggt: Schaad, Willy hett dor nich veel vun hatt, vun dat

Leven mit de tweet Fruu. Aver en schönen Dood hett he hatt, in sien egen veer Wannen un nich alleen, jüst so, as he sik dat jümmer wünscht hett. Nee, dat hett keeneen seggt. Dor kann en je ok nich över lachen.

Dat is nu allens lang her, man wenn hüüt en vun Willy Sievers vertellt, denn is dat düsse Geschicht, as wenn dat nix anners in Willy sien Leven geven hett. Se hebbt em toschannen snackt.

Soveel as ik weet, is Willem an' Herzinfarkt dootbleven, see Korl Ibs, as wi in de Kark seten un op Willem Ehlers sienen Sarg keken.

Aver weeßt, wat de Dokter seggt hett? He is dootbleven, seggt he, wiel dat he keen Hobby harr. Harr he en Hobby hatt, harr he länger leven kunnt. Dat is je doch en drullige Todesursache, wat?

Nu fung de Paster mit sien Predigt an. He vertell, wat Willem Ehlers för'n feine Minsch ween weer un wat he allens doon harr. Amtsvörsteher weer he ween, aver nich bloots dat, he weer ok eerst Mann an de Sprütt bi de Füürwehr ween, Ehrenvörsitter vun' Riedervereen, Kassenföhrer bi't Rode Krüüz. Un wat he noch för Ämter hatt harr. Dor weer dat Enn vun weg. Un denn weer he ok en Genie ween in't Geld besorgen: för'n Kinnergaarn, för't Heimatmuseum, för den niegen Dörpsdiek, jümmer harr Willem Spenden un Spender opdreven. He kunn ehr dat Geld ut de Tasch snacken.

Wenn en dat so höört, see Korl Ibs, denn muß di wunnern, dat he nich al lang dootbleven is, bi all de Jachterie.

Nee, Korl, dach ik, dor hest nich recht in. Jüst dat Jachtern, dat hett em in de Gangen holen. Dat hett em Spaaß maakt: Amtsvörsteher, Ehrenvörsitter, Kassenföhrer, Geld besorgen. All Lüüd keken op em, un dat hett em kittelt. Man as he in Rente gung un de Ämter los worr, do worr dat weniger mit de Schiller, de op em wiesen: Vörsitter, Präsident un wat dor sunst noch op stunn. Nu stunn he bloots noch sülm dor. Do keem he sik nakelt vör un much sik nich mehr lieden. He worr nörgeli. Mag ween, he is jüst to rechte Tiet dootbleven, so hett he sik nich lang quälen mußt. Denn dat mit dat Hobby, wat de Dokter seggt, dat weer nix worrn. Wat en mit 45 nich deit, dor fangt en mit 65 nich mit an. Dat Leven, wat en na de Rente föhren will, dat mutt en al mitbringen, anners warrt dat nix.

Wat seggt he dor, de Paster? Ein erfülltes Leben ging zu Ende? Wat de Hälft vun Willem sien Leven angeiht, hett he Recht. Willem sien Amtsleven, dat weer erfüllt. Mit de anner Hälft wuß he nix antofangen. Schaad, aver ok schaad för't Amt. Is doch jümmer beter, wenn so'n Amtsinhaber weet, dat gifft ok noch anner Dingen in de Welt as dat Amt.

Stah op! see Korl Ibs un stött mi an. Nu kummt de letzte Gang. Wi wüllt glieks achter de Familie folgen. Wegen den Kranz.

Korl harr sik dat in den Kopp sett, he wull för unsen Kegelvereen an't Graff enen Kranz daallegen. Denn Willem weer je bit to'n Sluß Vörsitter vun unsen Vereen ween. Weer'n schönen Kranz mit'n grote Schleuf. Korl hett ehr so hinleggt, dat se fein to lesen weer:

Letzter Gruß. Kegelclub ›Alle Neune‹.

Tscha, so is dat, all Negen drippt en nich jümmer. Nich bi't Kegeln un nich in't Leven. Dor mutt en lang an öven.

He weer do al över Söventig. Bitherto harr de dat wegschaven. Man nu mark he, bilüttens schull dat op't Enn togahn. Dor gruug em vör.

To de Tiet mutt dat ok ween hebben, do fung he an un gung to Gräffnissen. Dat harr he nie doon. Eerst gung he to de Doden, de he kennt harr. Man denn kemen ok de annern dorto. He kreeg sik an Morrn, wenn he Kaffee drunk, dat Blatt her un schreev de Tieden vun de enkelten Gräffnissen op en Zeddel, de dor den Dag över ween schullen.

Dor gung he denn hin, seet op en vun de letzten Banken in de Kapell, keek op den Sarg und höör den Paster to.

Denn folg he.

Wenn de Truurtog sik al lang oplööst harr, stunn he noch an't Graff un keek in de Kuhl. Eerst wenn die Kuhlengräver keem, gung he.

Dat hett Daag geven, an de is he mank twee Gräffnisen nich na Huus gahn, is de Karkhoffwegen op un dal stappt, hett de Graffsteden bekeken un leest, wolang de Lüüd op de Welt weern, de dor legen. Denn is he trüch na de Kapell. De weer wieldem frisch herricht.

Natüürli is he de Pasters opfullen. De en hett em maal fraagt hatt, dat weer op den Weg trüch vun't Graff:

Hebben Se den Mann kennt?

Nee, see he.

Se sitten je faken in de Kapell. Ik nehm an, dor sünd veel mank, de Se nich kennt hebbt.

De mehrsten, see he.

Un worum sitten Se denn dor?

Straßburger Münster, see he.

Straßburger wat? keek em de Paster baff an.

Münster, see he.

Dat wuß he nich, wat dat bedüden schull, see de Paster un dach, mach ween, de ool Mann is verdreiht, un wat he dorum meist jeden Dag in de Kapell seet.

De Dichter, see de Ool. De kunn nich vun baven na ünnen kieken. Denn worr em swinnelig. Dor hett em vör gruut. Dorum is he op dat Münster rop un hett dat öövt. Jümmer na ünnen kieken. He wull sik dor an gewöhnen, wat em dat denn beter gahn schull. Goethe.

Un denn harr he seggt: Nix för ungood, Herr Paster. Ik ööv.

Un harr den Paster stahn laten.

Den enen Dag bleev he sülm doot.

De Paster wull wat vun den olen Mann vertellen un hett över dat Grugen predigt.

He hett seggt, wi kemen all na unsen Herrgott, dor muß en sik je nich för grugen. So hett he an den Olen vörbisnackt.

He harr de Saak mit dat Münster verkloren kunnt. De Ool is dor je to laat op kamen: Dat Grugen verlüst sik, wenn en dor man lang noch op hinkickt un markt: Dor gifft dat nix to grugen, denn allens is, as sik dat hööort un de Anner dat seggt hett: Wi kaamt över de Kuhl op de Welt. Mehr is dat nich.

Un nu, wo dat op't Enn togeiht mit de Geschichten in düt Book, will ik vun en Mann vertellen, ik kenn sienen Namen nich, weet nich, woneem he wahnt, wat he en Familie hett oder nich, weet bloots, harr he mi nich de Buddeln in mien Aktendasch laten, denn weer mi dat mennigmaal koolt worrn dor baven in Skagen, an de Spitz von Jütland, wo ik all düsse Geschichten schreven heff, twee Johren lang, jümmer in de Märzmaand, in dat lütt Holthuus achter de Dünen, knapp dörtig Meter vun de See weg. Un mennigmaal huul de Storm um't Huus, de Snee dreev, de Küll keem dörch de dünnen Holtwannen, un dat Füürholt dat stoov man so mit de Flammen dörch den Schosteen. Man wenn dat denn jümmer noch koolt weer, tscha, den holp dat nix, denn muß de Buddel mit den Rum ranunen stieven Grog in den Lief. De Buddeln mit den Rum aver, de weern al mit över de Grenz gahn, sotoseggen inkognito. Un woans dat gung, dat vertellt de letzt

Geschicht. De is mien Dank an den Mann vun den däänschen Toll. Un is en Dank an Gammel Skagen, wo för mi, achter de Dünen, de Minuten noch maal so langsam lepen.

Mange tak!

Ik weet, ik weet, Gesetze sünd Gesetze, dor schall en sik an holen. Aver dat doot wi je nich jümmer. Wokeen hett to'n Bispill noch nich smuggelt, beten wat mehr över de Grenz brocht, as he döss? Allerdings, kriegt se di denn bi de Büx, denn büst je Elias krabbel an de Wand. Oder en mutt Glück hebben un drippt op en Zöllner, de wat över hett för ›Inspiration‹. So as mien', baven an de däänsche Grenz. Ik wull na Skagen, weeßt je, de Spitz vun Jütland, wo de Wellen sik kabbeln doot, wiel dat de Noordsee na rechts röver will un dat Kattegatt na links. Dor, achter de Dünen, in so'n lütt Sommerhuus, dor wull ik mi verpusten, lesen un Geschichten schrieven. Mien Kufferruum vull vun Bökers, Schrievmaschien, wat to eten för de eersten Daag – und denn je en poor Buddeln Rum un een mit Snaps, sowat es je good, wenn dat Eten maal to schier is, un fett koken doot se dor je. Wat nu allerdings de Liters vun den Rum un den Snaps anlang, dat weern je mehr, as de Toll för'n enkelte Person tolett. Aver kennst du de Priesen för Wien un Snaps in Gammel Danmark? Dor kann en dröög vun warrn! Ah, wat Schiet, heff ik dacht, de dore Dään an de Grenz, de hett di bitherto jümmer dörwunken, denn warrt he dat hüüt ok wull doon! Wat hett de Bundeskanzler seggt: Freie Fahrt an Europas Grenzen? Aver Pustekuchen! De dor hüüt Deenst harr, de hett den Bundeskanzler wull nich kennt. He wunk mi an de Kant, denn keem he ut sien Karbäuschen, en lütten, netten Mann, legg de Hand an de Mütz un see meist zaart:

Ssie ssollen keine lange Pause haben, aber wir ssollen jetzt ein bißchen kontrollieren, das muß auch mal ssein.

Ja, natüürli, see ik, dat mutt je ween.

Haben wir was dabei ssu verzollen?

Dat nehm ik nich an, see ik.

Denn ssollen wir jetzt den Kofferraum aufmachen.

Na, ja, ik möök den Deckel vun den Kufferruum hooch, un he keek op de Kuffers un Aktentaschen.

Denn wies he op een vun de beiden dicken Taschen.

Ssollen wir die mal aufmachen?

Dor hest je Glück hatt, dach ik, dor sünd de Böker binn'. Ik möök ehr op.

Oh! see he un keek mi an, sind Sie ein Gelehrter?

Nee, see ik, dat bün ik nich, aver ik lees geern.

Und eine Schreibmaschine haben Sie auch, wollen Ssie die in Dänemark verkaufen?

Nee, see ik, ik will schrieven. Ik fohr na Skagen, dor heff ik Roh to'n Lesen un Schrieven.

Süh, man knapp ik harr dat Woort Skagen seggt, do lüch sien Gesicht op, un he strahl mi an:

Ach, Skagen, see he, ein Platz für Kunst! Ssind Ssie ein Schriftsteller?

Ja, so'n lütt beten, see ik, gelegentli.

Oh, Skagen ist ssehr gut für Inspiration, see he un worr nu ganz ieverig un vertell, wat he sülm ok jümmer na Skagen fohrn dee un de Biller vun de berühmten Skagen-Malers in dat Museum un de Malerhüüs ankeek.

Kennen Ssie Anna und Michael Ancher? fröög he, Krøyer und Drachmann?

Ja, see ik, de kenn ik all! Wat bi uns Worpswede is, dat is bi jüm in't vergangen Johrhunnert Skagen ween.

Ja, das Licht, see he, das Licht, es ist einmalig!

He weer Hobbymaler, aver leider ok noch Zöllner, denn nu see he:

Wir ssollen nur noch einen kleinen Blick in die andere Tasche tun, und denn ssollen Ssie fahren.

Süh, un dat weer nu de Tasch mit de Buddeln.

Tscha, dach ik, nu is dat ut mit de Skagenfründschop, keek em bedröövt an un möök de Tasch op. He verstutz sik, starr op de Buddeln, böög sik över de Etiketten, keem nadenkern wedder hooch, keek mi langsam an un see:

Ja, ja, es ist oft ssehr kalt in Skagen.

Ja, see ik, dat is dat.

Und das ist nicht gut für Inspiration, see he.

Nee, see ik, wenn en früst, fallt en nix in.

Sso haben Ssie ssich, ssozussagen, ein bißchen Heizung mitgebracht?

Ja, see ik.

Jaso, süüfz he un see, denn ssollen Ssie aber nicht vergessen, wenn Ssie heizen, an die dänische Zoll zu denken und zu sagen: Skål!

Denn möök he den Kufferruumdeckel to un see:

Nun ssollen Ssie fahren, wenn wir noch länger kontrollieren, wird es vielleicht zu schwierig mit die Skagenfreundschaft.

Süh, un dat eerst Glas, baven in Skagen, dat heff ik op den Mann vun den däänschen Toll drunken. Skål, heff ik seggt, skål! Geiht nix övern Minschen!